소금

강경애
심진경 엮고 옮김

소금

차례

소금

1 농가

용정에서 팡둥(중국인 지주)이 왔다고 기별이 와서 남편은 벽에 걸어 두고 아끼던 수목 두루마기를 꺼내 입고 문밖을 나섰다. 봉식 어머니는 어쩐지 불안을 견디지 못하여 문을 열고 바쁘게 가는 남편의 뒷모양을 물끄러미 바라보았다. 참말 팡둥이 왔을까? 혹은 자X단[1]들이 또 돈을 달라고 거짓으로 팡둥이 왔다고 하여 남편을 데려가는 건 아닐까? 하며 그는 울고 싶었다. 동시에 그들의 성화를 날마다 받으면서도 불평 한마디 토하지 못하고 터덜터덜 애쓰는 남편이 끝없이 불쌍하고도 가엾어 보였다. 지금도 저렇게 가고 있지 않은가! 그는 한숨을 푹 쉬며 없는 사람은 자기고 남이고 모두 죽여야 그 고생을 면할 게야, 별수가 있나, 그저 죽어야 해, 하고 탄식했다. 그

---

[1] 자위단(自衛團)을 가리킴. 항일 유격대에 저항하기 위해 일제가 조직한 무장 단체. 강제 징집된 농민의 자식들로 구성되었다.

리고 무심히 그는 벽을 긁고 있는 그의 손톱을 발견했다. 보기 싫게 긴 그의 손톱을 한참이나 바라보던 그는 사람의 목숨이란 끊기 쉬운 반면에 동시에 끊기 어려운 것이라 생각했다.

그들이 바가지 몇 짝을 달고 고향서 떠날 때는 마치 끝도 없는 망망한 바다를 향하여 죽음의 길을 떠나는 듯 뭐라고 형용해서 아픈 가슴을 설명할 수 없었다. 그러나 불행 중 다행으로 이곳까지 와서 어떤 중국인의 땅을 얻어 가지고 농사를 짓게 되었으나 중국 군대인 보위단(保衛團)²들에게 날마다 위협을 당해 죽지 못해서 그날그날을 살아가곤 했다. 그러기에 그들은 아침에 일어나는 길로 하늘을 향해 오늘 무사히 보내기를 빌었다.

보위단들은 그들이 받는 월급만으로는 살 수가 없으니 농촌으로 돌아다니며 한 번 두 번 빼앗기 시작한 것이 지금에 와서는 으레 할 것으로 알고 아무 주저 없이 대낮에도 농민을 위협해 빼앗곤 했다. 그러니 농민들은 보위단 몫으로 언제나 돈이나 기타 쌀을 준비해 두지 않으면 목숨이 위태로운 것을 깨닫고 아무것은 못 하더라도 준비해 두곤 했다. 그동안 이어 나타난 것이 공산당이었으니 그 후로 지주와 보위단들은 무서워서 전부 도시로 몰리고, 간혹 농촌으로 순회를 하더라도 공산당이 있는 구역에는 감히 들어오질 못하게 되었다. 그러나 시국이 바뀌어 공산당이 쫓겨 들어가면서부터 자X단들이 나타나게 된 것이었다.

그는 그의 손톱을 바라보며 몇 번이나 보위단들에게 죽을

---

2   일제 강점기에 항일 독립운동을 방해하고, 백성들을 억압하고 착취하기 위해 일제가 조직한 반민족적 군사 조직.

뻔하던 것을 생각하며 그나마 오늘까지 목숨이 붙어 있는 것이 기적같이 생각되었다. 그리고 남편을 찾았을 때 벌써 남편의 모양은 보이지 않았다. 그는 멀리 토담 위에 휘날리는 깃발을 바라보며 남편이 이젠 건넛마을까지 갔는가 하였다. 그리고 잠깐 잊었던 불안이 또다시 가슴에 답답하도록 치민다. 남편의 말을 들으니 자X단들에게 무는 돈은 다 물었다는데 참말 팡둥이 왔는지 모르지, 지금이 씨 뿌릴 때니 아마 왔을 게야, 그러면 오늘 봉식이는 팡둥을 보지 못하겠지, 농량³도 못 가져오겠구먼, 하며 다시금 토담을 바라보았다. 저 토담은 남편과 기타 농민들이 거의 일 년이나 두고 쌓은 것이다. 마치 고향서 보던 성같이 보였다. 그는 토담을 볼 때마다 지금으로부터 사오 년 전 그 어느 날 밤 일이 문득문득 생각났다.

그날 밤 한밤중에 총소리와 함께 사면에서 아우성 소리가 요란스레 났다. 그들은 얼핏 아궁이 앞에 몰래 파 놓은 움에 들어가서 며칠 후에야 나와 보니 팡둥은 도망가고 기타 몇몇 식구는 무참히도 죽었다. 그 후로부터 팡둥은 용정에다 집을 사고 다시 장가를 들고 아들딸을 낳아서 지금은 예전과 조금도 다름없이 살았던 것이다.

팡둥이 용정으로 쫓겨 들어간 후에 저 집은 자X단들의 소유가 되었다. 그래서 저렇게 기를 꽂고 문에는 파수병이 서 있었다.

그는 눈을 옮겨 저 앞을 바라보았다. 그 넓은 들에 햇빛이 가득하다. 그리고 조겨⁴ 같은 새무리들이 그 푸른 하늘을 가

---

3   농사짓는 동안 먹을 양식.
4   조에서 좁쌀을 내고 남은 겨.

로질러 펄펄 날고 있다. 우리도 언제나 저기다 땅을 가져보나 하고 그는 무의식간에 탄식하였다. 그리고 그나마 간도 온 지 십여 년 만에 내 땅이라고 몫을 짓게 된 붉은 산을 보았다. 저것은 아주 험악한 산이었는데 그들이 짬짬이 화전을 일구어서 이젠 밭이 되었다. 그러나 아직도 완전한 곡식은 심어 보지 못하고 해마다 감자를 심곤 했다.

올해는 저기다 조를 갈아 볼까, 그리고 가녘으로는 약간 수수도 갈고…… 그때 그의 머리에는 뜻하지 않은 고향이 문득 떠오른다. 무릎을 스치는 다방솔밭 옆에 가졌던 그의 밭! 눈에 흙이 들어가기 전에야 어찌 차마 그 밭을 잊으랴! 아무것을 심어도 잘되던 그 밭! "죽일 놈!" 장죽을 물고 그 밭머리에 나타나는 참봉 영감을 눈앞에 그리며 그는 이렇게 중얼거렸다. 그리고 가슴이 울렁거리며 손발이 가늘게 떨리는 것을 깨달으며 그는 고향을 생각하지 않으려고 눈을 썩썩 비비고 정신을 바짝 차렸다. 그때 뜰 한구석에 쌓아 둔 짚 낟가리에서 조잘대는 참새 소리를 요란스레 들으며 우두커니 서 있는 자신을 얼핏 발견하였다. 그는 곧 돌아섰다. 방 안은 어지러우며 여기 일감이 '나부터 손질하시오.' 하는 것 같았다. 그는 분주히 비를 들고 방을 쓸어 냈다. 그리고 군데군데 뚫어진 갈자리5 구멍을 손끝으로 어루만지며 잘살아야 할 터인데, 그 놈 그 참봉 놈 보란 듯이 우리도 잘살아야 할 터인데…… 하며 그의 눈에는 눈물이 글썽글썽해졌다. 아무리 마음만은 지독히 먹고 애를 써서 땅을 파나 웬일인지 자기들에게는 닥치는 거라곤 불행과 궁핍이었던 것이다. 팔자가 무슨 놈의 팔

---

5   '삿자리'의 잘못된 표현. 갈대를 엮어 만든 자리.

자야. 하느님도 무심하지. 누구는 그런 복을 주고 누구는 이런 고생을 시키고…… 이렇게 생각하며 그는 방 안을 구석구석이 쓸었다. 그리고 비 끝에 차여 데구루루 데구루루 굴러다니는 감자를 주워 바가지에 담으며 시렁[6]을 손질했다. 이곳 농가는 대개가 부엌과 방 안이 통해 있으며 방 한구석에 솥을 걸었다. 그리고 그 옆에 시렁을 매곤 했다. 그가 처음 이곳에 와서는 무엇보다도 방 안이 맘에 안 들고 돼지굴이나 소 외양간같이 생각되었다. 그리고 어쩌다 손님이 오면 피해 앉을 곳도 없었다. 그러니 멍하니 낯선 손님과도 마주 앉지 않으면 안 되게 되었다. 그러나 시일이 차츰 지나니 낯선 남성 손님이 온다 하더라도 처음같이 그렇게 어색하지는 않았다. 그저 그렁저렁 지낼 만하였다. 그리고 반드시 부뚜막 앞에는 비밀 토굴을 파 두는 것이다. 그랬다가 어디서 총소리가 나든지 개소리가 요란스레 나면 온 식구가 그 움 속에 들어가서 며칠이든지 있곤 했다. 그리고 옷이나 곡식도 이 움에다 넣고서 시재[7] 입는 옷이나 먹을 양식을 조금씩 꺼내 놓고 먹곤 했다. 말할 것도 없이 보위단이며 마적단 등이 무서워서 이렇게 하곤 했다.

시렁을 손질한 그는 바구니에 담아 둔 팥을 고르기 시작했다. 고요한 방 안에 팥알 소리만 재그럭 자르르 하고 났다. 팥알에서 팥알로 시선이 옮겨지는 그는 눈이 피곤해지며 참새 소리가 한층 더 뚜렷이 들린다. 동시에 저 참새 소리같이

---

6 물건을 얹어 놓기 위해 방이나 마루 벽에 두 개의 긴 나무를 가로질러 선반처럼 만든 것.

7 현재.

여러 가지 생각이 순서 없이 떠올랐다. 내일이라도 파종을 하게 되면 아침 점심 저녁에 몇 말의 쌀을 가져야 할 것, 오늘 봉식이가 팡둥을 만나지 못해서 쌀을 못 가져올 것, 그러나 나무를 팔아서 사라고 한 찬감은 사 오겠지…… 생각이 차츰 희미해지며 졸음이 꼬박꼬박 왔다. 그가 눈을 부비치고 문밖으로 나오다가 무심히 눈에 띈 것은 벽에 매달아 둔 메주였다. "참 메주를 내놓아야겠다." 하며 바구니를 밖에 내놓았다. 그리고 그는 비를 들고 메주의 먼지를 쓸어 냈다. 그는 하나하나의 메줏덩이를 들어 보며 간장이나 서너 동이 빼고, 고추장이나 한 단지 담그고…… 그러자면 소금이나 두어 말은 가져야지. 소금…… 하며 그는 무의식간 한숨을 푹 쉬었다. 그리고 또다시 고향을 그리며 멍하니 앉아 있었다. 고향서는 소금으로 이를 다 닦았건만…… 다리는[8] 데도 소금 한 줌이면 후련하게 내려갔는데 하였다. 그가 고향에 있을 때는 하도 없는 것이 많으니까 소금 같은 데는 생각이 미치지 못하였는지는 모르나 어쨌든 이곳에 온 후부터는 그는 소금 때문에 남몰래 운 적이 한두 번이 아니었다. 소금 한 말에 이원 이십 전! 농가에서는 단번에 한 말을 사 보지 못한다. 그러니 한 근 두 근, 극상[9] 많이 산대야 사오 근에 지나지 못한다. 그러므로 장 같은 것도 단번에 담그지를 못하고 소금 생기는 대로 담그다가도 어떤 때는 메주만 썩혀서 장이라고 먹곤 했다. 장이 싱거우니 온갖 찬이 싱거웠다.

끼니때가 되면 그는 남편의 얼굴부터 살피게 되고 어쩐지

8 '체하다'의 방언.

9 진짜.

맘이 송구하였다. 남편은 입 밖에 말은 내지 않으나 번번이 얼굴을 찡그리고 밥술이 차츰 느려지다가 맥없이 술[10]을 놓곤하는 때가 종종 있었다. 이 모양을 바라보는 그는 입안의 밥알이 갑자기 돌로 변하는 것을 느끼며 슬며시 술을 놓고 돌아앉았다. 그리고 하루 종일 들에서 일하다가 들어온 남편에게 등허리에 땀이 훈훈하게 나도록 훌훌 마시게 국물을 만들어 놓지 못한 자기! 과연 자기를 아내라고 할 것인가?

어떤 때 남편은 식욕을 충동시키고자 하여 고춧가루를 한술씩 떠 넣었다. 그러고는 매워서 눈이 빨개지고 이맛가에서는 주먹 같은 땀방울이 맺히곤 했다. '고춧가루는 왜 그리 잡수셔요.' 하고 그는 입이 벌어지다가 가슴이 묵직해지며 그만입이 다물어지고 말았다. 동시에 음식을 맡아 만드는 자기, 아아, 어떻게 해야 좋을까?

이러한 생각을 되풀이하는 그는 한숨을 땅이 꺼지도록 쉬며 오늘 저녁에는 무슨 찬을 만드나, 하고 메주를 다시금 굽어보았다. 그때 신발 소리가 자박자박 나므로 그는 머리를 들었다. 학교에 갔던 봉염이가 책보를 들고 이리로 온다.

"왜 책보 가지고 오니?"

"오늘 반공일이어. 메주 내났네."

봉염이는 생글생글 웃으며 메주를 들어 맡아 보았다.

"아버지 가신 것 보았니?"

"응. 저, 팡둥이 왔더라. 어머이."

"팡둥이? 왔디?"

이때까지 그가 불안에 붙들려 있었다는 것을 느끼며 가볍

---

10 숟가락.

게 한숨을 몰아쉬었다.

"어디서 봤니?"

"팡둥 집에서…… 저 아버지랑 자X단들이랑 함께 앉아서 뭘 하는지 모르겠더라."

약간 찌푸리는 봉염의 양미간으로부터 옮아오는 불안!

"팡둥도 같이 앉았다?"

봉염이는 머리를 끄덕이며 무슨 생각을 하고 또다시 생글 생글 웃었다. 그리고 책보 속에서 달래를 꺼냈다.

"학교 뒷밭에가 달래가 어찌 많은지."

"한 끼 넉넉하구나."

대견한 듯이 그의 어머니는 달래를 만져 보다가 그중 큰 놈으로 골라서 뿌리를 자르고 한 꺼풀 벗긴 후에 먹었다. 봉염이도 달래를 먹으며,

"어머이, 나두 운동화 신으면……."

무의식간에 봉염이는 이런 말을 하고도 어머니가 나무랄 것을 예상하며 어머니를 바라보던 시선을 달래 뿌리로 옮겼다. 달래 뿌리와 뿌리 사이로 나타나는 운동화. 아까 용애가 운동화를 신고 참새같이 날뛰던 그 모양!

"쟤는 이따금 미친 수작을 잘해!"

그의 어머니는 코끝을 두어 번 부비며 눈을 흘겼다. 봉염 이는 달래가 흡사 운동화로 변하는 것을 느끼며 어머니 말에 그의 조그만 가슴이 따가워 왔다.

"어머이는 밤낮 미친 수작밖에 몰라!"

한참 후에 봉염이는 이렇게 종알거렸다. 그리고 용애의 운동화를 바라보고 또 몰래 만져 보던 그 부러움이 어떤 불평 으로 변해 가는 것을 그는 느꼈다. 그의 어머니는 봉염이를 똑

바로 보았다.

"그래 네 말이 미친 수작이 아니냐, 공부도 겨우 시키는데, 운동화 운동화. 이애 이애, 너도 지금 같은 개화 세상에 났기에 그나마 공부도 하는 줄 알아라. 아, 우리들 전에 자랄 때야 뭘. 어디가 물 긷고 베 짜고 여름에는 김매구 그래두 짚신이나마 어디 고운 것 신어 본다디…… 어미 애비는 풀 속에 머리 들이밀고 애쓰는데 그런 줄을 모르고 운동화? 배나 곯지 않으면 다행으로 알아. 그런 수작 하려거든 학교에 가지 마라!"

"뭐 어머이가 학교에 보내우, 뭐."

봉염이는 가볍게 공포를 느끼면서도 가슴이 오싹하도록 반항하였다. 그리고 얼굴이 갑자기 화끈하므로 눈을 깜빡하였다.

"그래 너의 아버지가 보내면 난 그만두라고 못 할까, 계집애가 왜 저 모양이야. 뭘 좀 안다고 어미 대답만 툭툭하고, 이애 이놈의 계집애. 어미가 무슨 말을 하면 잠잠하고 있는 게 아니라 톡톡 무슨 아가리질이냐! 그래 네 수작이 옳으냐? 우리는 돈 없다…… 너 운동화 사 줄 돈이 있으면 봉식이 공부를 더 시키겠다야."

봉염이는 분김에 달래만 자꾸 먹고 나니 매워서 못 견딜 지경이다. 그리고 눈에는 약간의 눈물이 비쳤다.

"왜 돈 없어요. 왜 오빠 공부 못 시켜요!"

그 순간 봉염의 머리에는 선생님이 하던 말이 번개같이 떠오른다. 그리고 그의 가슴이 터질 듯이 끓어오르는 불평을 어머니에게 토할 것이 아님을 깨달았다. 그러나 아무것도 모르고 딸만 그르게 생각하고 덤비는 그의 어머니가 너무나 가 없었다. 그의 어머니는 하도 어이가 없어서 멍하니 봉염이를 바라보았다. 동시에 '없으면 다른 사람은 그만두고라도 제 속으로 낳은 자식들한테까지라도 저런 모욕을 받는구나.' 하는 노여운 생각이 들며 이때까지 가난에 들볶이던 불평이 눈등이 뜨겁도록 치밀어 올라온다.

"왜 돈 없는지 내가 아니. 우리 같은 거지들에게 왜 태어났니. 돈 많은 사람들에게 태어나지. 자식! 흥 자식이 다 뭐야!"

어머니의 언짢아하는 모양을 바라보는 봉염이는 작년 가을에 타작마당이 얼핏 떠오른다. 그때 여름내 농사지은 벼를 팡둥에게 전부 빼앗긴 그때의 어머니! 아버지! 지금 어머니의 얼굴빛은 그때와 꼭 같았다. 그리고 아무 반항할 줄 모르는 어머니와 아버지! 불쌍함이 지나쳐서 비굴하게 보이는 어머니!

"어머이, 왜 돈 없는 것을 알아야 해요. 운동화는 왜 못 사 줘요. 오빠는 왜 공부 못 시켜요!"

그는 이렇게 말해 가는 사이에 그가 운동화를 신고 싶어 한 것이 잘못이 아니라는 것을 깨달았다. 그리고 무심하게 들었던 선생님의 말이 한 가지 두 가지 무뚝무뚝[11] 생각났다.

"이애, 이놈의 계집애. 왜 돈 없어. 밑천 없어 남의 땅 부치니 없지. 내 땅만 있으면……."

여기까지 말했을 때 그는 가슴이 뜨끔해지며 말문이 꾹 막혔다.

그리고 또다시 솔밭 옆에 가졌던 그 밭이 떠오르며 그는 눈물이 쑥 빼어졌다. 그리고 금방 그 밭을 대하는 듯 눈물 속

---

11 맥락상 '문득'을 의미하는 듯하다.

에 그의 머리가 아롱아롱 보이는 듯, 보이는 듯하였다.

그때 가볍게 귓가를 스치는 총소리! 그들 모녀는 눈이 둥그레서 일어났다.

짚 낟가리 밑에서 졸던 검둥이가 어느덧 그들 앞에 나타나 컹컹 짖었다.

2 유랑(流浪)

그들은 마적단과 공산당을 번갈아 머리에 그리며 건너 마을을 바라보았다. 이 마을 저 마을에서 개 짖는 소리가 그들로 하여금 한층 더 불안을 갖게 하였다. 그리고 아까까지도 시원하던 바람이 무서움으로 변하여 그들의 옷자락을 가볍게 스친다.

"이애, 너 아버지나 어서 오셨으면…… 왜 이러고 있누. 무엇이 온 것 같은데 어쩐단 말이냐."

봉염이 어머니는 거의 울상을 하고 가만히 서 있지를 못했다. 총소리는 연달아 건너왔다. 그들은 무의식간에 방 안으로 쫓기어 들어왔다. 이제야말로 건넛마을에는 무엇이든지 온 것이 확실했다. 그리고 몇몇의 사람까지도 총에 맞아 죽었으리라 하였다. 이렇게 생각하고 나니 봉염이 어머니는 속에서 불길이 화끈화끈 올라와서 견딜 수가 없었다. 그러면서도 감히 방문 밖에까지 나오지는 못하였다. 무엇들이 이리로 달려오는 것만 같았다.

"어쩌누? 어쩌누? 봉식이라도 어서 오지 않고."

그는 벌벌 떨면서 이렇게 중얼거렸다. 암만해도 남편이

무사할 것 같지 않았던 것이다. 더구나 꽝둥과 같이 남편이 앉았다가 아까 그 총소리에 무슨 일을 만났을 것만 같았다.

"이애 너 아버지가 꽝둥과 함께, 함께 앉았디? 보았니?"

그는 목에 침기라고는 하나도 없고 가슴이 답답해 왔다. 봉염이도 풀풀 떨면서 말은 못 하고 눈으로 어머니의 대답을 하였다. 그때 멀리서 신발 소리 같은 것이 들려오므로 그들은 부엌 구석의 토굴로 뛰어 들어가서 감자 마대 뒤에 꼭 붙어 앉았다. 무엇들이 자기들을 죽이려고 이리 오는 것만 같았다. 한참 후에,

"어머니!"

부르는 봉식의 음성에 그들은 겨우 정신을 차리고 마주 아우성을 치고도 얼른 밖으로 나오지를 못했다. 그들이 움 밖에까지 나왔을 때 또다시 우뚝 섰다. 그것은 봉식이가 전신에 피투성이를 했으며 그 옆에 금방 내려 뉜 듯한 그의 아버지의 목에서는 선혈이 샘처럼 흘렀다. 그의 어머니는,

"아!"

소리를 지르고 그 자리에 팔싹 주저앉았다. 그다음 순간부터 그는 바보가 되어 멍하니 바라만 볼 뿐이었다. 봉식이는 어머니를 보며 안타까운 듯이,

"어머니는 왜 그러구만 있어요. 어서 이리 와요."

봉염이가 곧 어머니의 팔을 붙들었으나 그는 일어나다가 도로 주저앉으며,

"너 아버지, 너 아버지."

하고 중얼거릴 뿐이었다.

그 밤이 거의 새어 올 때에야 봉염이 어머니는 겨우 정신을 차리고 목을 내어 어이어이 하고 울었다.

"넌 어찌 아버지를 만났니. 그때는 살았더냐. 무슨 말을 하시디?"

봉식이는 입이 쓴 듯이 입맛만 쩍쩍 다시다가,

"살게 머유!"

대답을 기다리는 어머니의 모양이 난처하여 이렇게 소리치고 나서 한숨을 후 쉬었다. 그리고 항상 아버지가 팡둥과 자X단원들에게 고맙게 구는 것이 어쩐지 위태위태한 겁을 먹었더니만 결국은 저렇게 되고야 말았구나 하였다. 아버지 생전에 이 문제를 가지고 부자가 서로 언쟁까지도 한 일이 있었으나 끝끝내 아버지는 자기의 뜻을 세웠다. 그보다도 그의 입장이 그로 하여금 그렇게 하지 않고는 견디지 못하게 하였던 것이다.

아버지 생전에는 봉식이도 아버지를 그르다고 백 번 생각했지만 막상 아버지가 총에 맞아 넘어진 것을 용애 아버지에게 듣고 현장에 달려가서 보았을 때는 어쩐지 '너무들 한다!' 하는 분노와 함께 누가 그르고 옳은 것을 분간할 수가 없이 머리가 아뜩해지곤 하였다.

이튿날 아버지의 장례를 지낸 봉식이는 바람이나 쏘이고 오겠노라고 어디로인지 가 버리고 말았다. 모녀는 봉식이가 오늘이나 내일이나 하고 돌아오기를 손꼽아 기다리나 그 봄이 다 지나도 돌아오기는 고사하고 소식조차 끊어지고 말았다. 그래서 그들은 기다리다 못해서 봉식이를 찾아서 떠났다. 마침내 그들은 용정까지 왔다. 그것은 전에 봉식이가 "고학이라도 해서 나두 공부를 좀 해야지." 하고 용정에 들어왔다 나올 때마다 투덜거리던 생각을 하여 행여나 어느 학교에나 다니지 않는가 하였던 것이다. 그러나 그들 모녀가 학교란 학교

19

뜰에는 다 가서 기웃거리나 봉식이 비슷한 학생조차 만나지 못했다. 그들이 마지막으로 TH 학교까지 가 보다 돌아설 때 봉식이가 끝없이 원망스러운 반면에, 죽지나 않았는지? 하는 불안에 발길이 보이지를 않았다. 더구나 이젠 어디로 가나? 어디 가서 몸을 담아 있나? 오늘 밤은 또 어디서 자나? 이것이 걱정이요, 근심이 되었다.

해가 거의 져 갈 때 그들은 팡둥을 찾아갔다. 그들이 용정에 발길을 돌려놓을 때부터 팡둥을 생각했다. 만일에 봉식이를 찾지 못하게 되면 팡둥이라도 만나서 사정하여 봉식이를 찾아 달라고 하리라 하였던 것이다. 그들이 큰 대문을 둘이나 지나서 들어가니 마침 팡둥이 나왔던 것이다.

"왔소, 언제 왔소?"

팡둥은 눈을 크게 뜨고 반가운 뜻을 보였다. 봉염이 어머니는 그의 반가워하는 눈치를 살피자 찾아온 목적을 절반 남아 성공한 듯하여 한숨을 남몰래 몰아쉬었다. 팡둥은 봉염의 머리를 내리쓸었다.

"그새 어디 갔어? 한 번 가서 없어서 섭섭했어."

"봉식이를 찾아 떠났어요. 봉식이가 어디 있을까요?"

봉염이 어머니는 가슴을 두근거리며 팡둥을 쳐다보았다.

"봉식이 만나지 못했어. 모르갔소."

팡둥은 알까 하여 맥없이 그의 입술을 쳐다보던 그는 머리를 숙였다. 팡둥은 그들 모녀를 데리고 방으로 들어갔다. 캉[12]에 앉아 있는 팡둥의 아내인 듯한 나이 젊은 부인은 모녀와 팡둥을 번갈아 쳐다보며 의심스러운 눈치를 보였다. 팡둥은 한

---

12 구들.

참이나 모녀를 소개하니 그제야 팡둥 부인은,

"올라앉아요."

하고 권하였다. 팡둥은 차를 따라 권하였다. 가벼운 차 냄새를 맡으며 모녀는 방 안을 슬금슬금 돌아보았다. 방 안은 시원하게 넓으며 캉이 좌우로 있었다. 캉 아래는 빛나는 돌로 깔리었으며 저편 창 앞에는 대리석으로 만든 테이블이 놓였고 그 위에는 검은 바탕에 오색 빛나는 화병 한 쌍을 중심으로 작고 큰 시계며, 유리 단지에 유유히 뛰노는 금붕어 등, 기타 이름 모를 기구들이 테이블이 무겁도록 실리어 있다. 창 위 벽에는 팡둥의 사진을 비롯하여 가족들의 사진이며 약간 빛을 잃은 가화[13]들이 어지럽게 꽂히었다. 그리고 테이블에서 뚝 떨어져 이편 벽에는 선 굵은 불타의 그림이 조는 듯하고 맞은편에는 문짝 같은 체경이 온 벽을 차지했으며 창문 밖 저편으로는 화단이 눈가가 서늘하도록 푸르렀다.

그들은 어떤 별천지에 들어온 듯 정신이 얼얼했다. 그리고 그들의 초라한 모양에 새삼스럽게 더 부끄러운 생각이 들며 맘 놓고 숨 쉴 수도 없었다.

팡둥은 의자에 걸터앉으며 궐련을 붙여 물었다.

"여기 친척 있어?"

봉염이 어머니는 머리를 들었다.

"없어요."

이렇게 대답하는 그는 팡둥이 어째서 친척의 유무를 묻는가를 생각할 때 전신에 외로움이 훨씬 끼친다. 동시에 팡둥을 의지하려고 찾아온 자신이 얼마나 가엾은가를 느끼며 팡둥의

---

13 조화.

어깨 너머로 보이는 화단을 물끄러미 바라보았다. 신록에 무르익은 저 화단! 그는 얼핏 밭에 조 싹도 이젠 퍽이나 자라겠구나! 김매기 바쁠 테지. 내가 웬일이야, 김도 안 매구 가을에는 뭘 먹구 사나, 하는 걱정이 불쑥 일었다. 그리고 시선을 멀리 던졌을 때 티 없이 맑게 갠 하늘이 마치 멀리 논물을 바라보는 듯 문득 그들이 부치던 논이 떠오른다. 논귀까지 가랑가랑하도록 올라온 그 논물! 벼 포기도 퍽이나 자랐을 게다! 하며 다시 하늘을 쳐다보았을 때 그 하늘은 벼 포기 사이를 헤치고 깔렸던 그 하늘이 아니었느냐! 그 사이로 털이 푸르르한 남편의 굵은 다리가 철버덕 철버덕 거닐지 않았느냐! 그는 가슴이 뜨끔해지며 다시 팡둥을 보았다. 남편을 오라고 하여 함께 앉았던 저 팡둥은 살아서 저렇게 있는데 그는 어찌하여 죽었는가 하며 이때껏 참았던 설움이 머리가 무겁도록 올라왔다.

"친척 없어, 어디 왔어?"

팡둥은 한참 후에 이렇게 채쳐 물었다. 목구멍까지 빠듯하게 올라온 억울함과 외로움이 팡둥의 말에 눈물로 변하여 술술 떨어진다. 그는 맥없이 머리를 떨어뜨리며 치맛귀를 쥐어다 눈물을 씻었다. 곁에 앉은 봉염이도 눈물을 보자 눈물이 글썽글썽해졌다. 모녀를 바라보는 팡둥은 난처하였다. 지금 저들의 눈치를 보니 자기에게 무엇을 얻으러 왔거나 그렇지 않으면 자기 집을 바라고 온 것임을 시간이 지날수록 깨달았다. 그는 불쾌하였다. 저들을 오늘로라도 보내려면 돈이라도 몇 푼 집어 줘야 할 것을 느끼며 당분간 집에서 일이나 시키며 둬 볼까? 하는 생각이 어렴풋이 들었다. 팡둥은 약간 웃음을 띠었다.

"친척 없어? 우리 집 있어. 봉식이가 찾아왔다 갔어, 웅."

팡둥의 입에서 떨어지는 아들의 이름을 들으니 그는 원망스러움과 그리움, 외로움이 한데 뭉쳐 견딜 수가 없었다. 그리고 팡둥의 말과 같이 봉식이가 언제든지 나를 찾아오려나. 그렇지 않으면 제 아버지와 같이 어디서 어떤 놈에게 죽임을 당해서 다시는 찾지 않으려나? 하는 의문이 들며 흑흑 느껴 울었다.

그 후부터 모녀는 팡둥 집에서 일이나 해 주고 그날그날을 살아갔다. 팡둥은 날이 갈수록 그들에게 친절하게 굴었다. 그리고 어떤 때는 밤이 오래도록 그들이 있는 방에 나와서 이런 이야기 저런 이야기를 해 주며 때로는 옷감이나 먹을 것 같은 것도 사다 주었다. 그때마다 봉염이 어머니는 감격하여 밤 오래도록 잠들지 못하고 했다.

팡둥의 아내가 친정집에 다니러 간 그 이튿날 밤이다. 그는 팡둥의 아내가 마름해 놓고 간 팡둥의 속옷을 재봉침했다. 팡둥의 아내가 언제 올지는 모르나 어쨌든 그가 오기 전에 마름해 놓은 일을 다해야 그가 돌아와서 만족해할 것이다. 그러므로 그는 밤잠을 못 자고 미싱을 돌렸다. 그는 이 집에 와서야 미싱을 배웠기 때문에 아직도 서툴렀다. 그래서 그는 바늘이 부러질세라, 기계에 고장이 생길세라 여간 조심이 되지를 않았다.

저편 팡둥 방에서 피리 소리가 처량하게 들려왔다. 팡둥은 밤만 되면 저렇게 피리를 불거나 그렇지 않으면 깡깡이를 뜯었다. 깡깡이 소리는 시끄럽고 때로는 강아지가 문짝을 할퀴며 어미를 부르는 듯하게 차마 듣지 못할 만큼 귓가에 간지러웠다. 그러나 저 피리 소리만은 그럴듯하게 들렸다.

일감을 밟고 씩씩하게 달려오는 바늘 끝을 바라보는 그는 한숨을 후 쉬며 "봉식아 너는 어째서 어미를 찾지 않느냐." 하고 중얼거렸다. 그는 언제나 봉식이를 생각하였다. 낯선 사람이 이 집에 오는 것을 보면 행여 봉식의 소식을 전하려나 하여 그 사람이 돌아갈 때까지 주의를 게을리 하지 않았다. 그러나 이렇게 기다리는 보람도 없이 그날도 그날같이 봉식의 소식은 막막하였다. 팡둥은 그들에게 고맙게 구나 팡둥의 아내는 종종 싫은 기색을 완연히 드러냈다. 그때마다 그는 봉식을 원망하고 그리워하며 운 적이 한두 번이 아니었다. 아무래도 장래까지는 이 집을 바라지 못할 것이요 어디로든지 가야 할 것을 그는 날이 갈수록 느꼈다. 그러나 마음만 초조할 뿐이요 어떻게 하는 수는 없었다. 그는 이러한 생각을 되풀이하며 팡둥의 아내가 없는 사이 팡둥보고 집세나 하나 얻어 달라고 해 볼까? 하며 피리를 불고 앉았을 팡둥의 뚱뚱한 얼굴을 그려 보았다. 그러나 어찌 그런 말을 해, 집세를 얻더라도 무슨 그릇들이 있어야지. 아무것도 없이 살림을 어떻게 하누, 하며 등불을 물끄러미 바라보았다.

어느덧 피리 소리도 그치고 사방은 고요했다. 오직 들리는 것이라곤 잠든 봉염의 그윽한 숨소리뿐이다. 그는 등불을 휩싸고 악을 쓰고 날아드는 하루살이 떼를 보며 문득 남편의 짧았던 일생을 회상하였다. 그렇게 살고 말 것을 반찬 한번 맛있게 못 해 주었지. 고춧가루만 땀이 나도록 먹구, 참…… 여기는 왜 소금값이 그리 비쌀까? 그래도 이 집은 소금을 흔하게 쓰두먼. 그게야 돈 많으니 자꾸 사 오니까 그렇겠지. 돈? 돈만 있으면 뭐든지 다 할 수가 있구나. 그 비싼 소금도 맘대로 살 수가 있는 돈. 그 돈을 어째서 우리는 모으지 못했는가 하였다.

그때 신발 소리가 자박자박 나더니 문이 덜그럭 열린다. 그는 놀라 휘끈 돌아보았다. 검은 바지에 흰 적삼을 입은 팡둥이 빙그레 웃으며 들어온다. 그는 얼른 일어나며 일감을 한 손에 들었다.

"앉았어! 일만 했어?"

팡둥의 시선은 그의 얼굴로부터 일감으로 옮긴다. 그는 등불 곁으로 다가앉으며 팡둥보고 이 말을 할까 말까? '집세하나 얻어 주시오.' 하고 금방 입술 사이로 흘러나오는 것을 참으며 팡둥의 기색을 흘끔 살폈다.

"누구 옷이야? 내 해[14]야?"

팡둥은 일감 한끝을 쥐어 보다가,

"내 해야…… 배고프지 않아? 우리 방에 나가 찻물도 먹고 과자도 먹구, 응. 나갔어."

일감을 잡아당긴다. 그는 전 같으면 얼른 팡둥의 뒤를 따라 나갈 터이나 팡둥의 아내가 없는 것만큼 주저가 되었다.

"배고프지 않아요."

이렇게 말하는 그는 웬일인지 눈썹 끝에 부끄럼이 사르르지나친다. 팡둥은 일감을 휙 빼앗았다.

"가, 응. 자, 어서 어서."

그는 일감을 바라보며 어째야 좋을지 몰랐다. 그리고 이 기회를 타서 집세를 얻어 달라고 할까 말까, 할까……

"안 가?"

팡둥은 일어서며 아까와는 달리 언성을 높인다. 그는 가슴이 선뜻해서 얼른 일어났다. 그러나 비쭉비쭉 나가는 팡둥

---

14 것. 그 사람의 소유물임을 나타내는 말.

의 살찐 뒷덜미를 보았을 때 싫은 생각이 부쩍 들었다. 그리고 발길이 떨어지지를 않았다. 문밖을 나가던 팡둥은 휘끈 돌아보았다. 그 얼굴은 무어라고 형용할 수 없는 무서움을 띠었다. 그는 맥없이 캉을 내려섰다. 그리고 잠든 봉염이를 바라보았을 때 소리쳐 울고 싶도록 가슴이 답답했다.

3 해산

　이듬해 늦은 봄 어느 날 석양이다. 봉염이 어머니는 바느질을 하다가 두 눈을 비비며 방문을 바라보았다. 빨간 문 위에 처마 끝 그림자가 뚜렷하다. 오늘은 팡둥이 오려나, 대체 어딜 가서 그리 오래 있을까? 그는 또다시 생각했다. 팡둥의 아내만 대하면 그는 묻고 싶은 것이 이 말이었다. 그러나 언제든지 새초롬해서 있는 그의 기색을 살피다가는 그만 하려던 말을 줄이고 말았다. 그리고 이렇게 석양이 되면 오늘이나 오려나? 하고 가슴을 졸였다. 팡둥이 온대야 그에게 그리 기쁠 것도 없건만 어쩐지 그는 팡둥이 기다려지고 그리웠다. 오면 좋으련만…… 이번에는 꼭 말을 해야지. 무어라구? 그다음 말은 생각나지 않고 두 귀가 화끈 단다. 어떡하나, 그도 짐작이나 할까? 하기는 뭘 해. 남정들이 그러니 그렇게 내게 하리……. 그는 팡둥의 얼굴을 머리에 그리며 원망스러운 듯이 바라보았다.
　그날 밤 후로는 팡둥의 태도가 아무리 좋게 해석해도 냉랭해진 것만 같았다. 처음에는 점잖으신 어른이고 더구나 성미 까다로운 아내가 곁에 있으니 저러나 보다 하였으나 시일이 지날수록 원망스러움이 약간 머리를 들었다. 반면에 끝없는 정이 보이지 않는 줄을 타고 팡둥에게로 자꾸 쏠리는 것을 그는 느꼈다. 그는 한숨을 후 쉬며 이맛가에 흐르는 땀을 씻었다. 언제나 자기도 팡둥에 대하여 주저없이 말도 건네고 사랑을 받아 볼까? 생각만이라도 그는 진저리가 나도록 좋았다. 그러나 자기 주위를 둘러싸고 있는 모든 환경을 깨닫자 그는 울고 싶었다. 그리고 팡둥의 아내가 끝없이 부러웠다. 그는 시름없이 머리를 숙이며 원수로 애는 왜 배었는지 하며 일감을 들었다. 바늘 끝에서 떠오르는 그날 밤. 그날 밤의 팡둥은 성난 호랑이같이도 자기에게 덤벼들지 않았던가. 자기는 너무 무섭고도 두려워서 방 안이 캄캄하도록 늘인 비단 포장을 붙들고 죽기로써 반항하다가도 못 이겨서 애를 배게 되지 않았던가. 생각하면 자기의 죄 같지는 않았다. 그런데 왜 자기는 선뜻 팡둥에게 이 말을 하지 못하는가. 그리고 그렇게 먹고 싶은 냉면도 못 먹고 이때까지 참아 왔던가. 모두가 자기의 못난 탓인 것 같다. 왜 말을 못 해. 왜 주저해. 이번에는 말할 테야. 꼭 할 테야. 그리고 냉면도 한 그릇 사다 달라지, 하며 그의 눈앞에 냉면을 그리며 침을 꿀꺽 삼켰다. 그러나 이 생각은 헛된 공상임을 깨달으며 한숨을 푸 쉬면서도 픽 하고 웃음이 나왔다. 모든 난문제가 산과 같이 자기를 둘러싸고 있거늘 어린애같이 먹고 싶은 생각부터 하는 자신이 우습고도 가련해 보였던 것이다. 그러나 먹고 싶은 것은 어쩔 수 없다. 목이 가렵도록 먹고 싶다. 냉면만 생각하면 한참씩은 안절부절할 노릇이다.

그가 배 속에 애가 든 것을 알게 되었을 때 유산시키려고 별짓을 다하여 보았다. 배를 쥐어박아도 보고 일부러 칵 넘어지기도 하며 벽에다 배를 탕탕 부딪쳐도 보았다. 그러고도 유산이 되지를 않아서 나중에는 양잿물을 마시려고 캄캄한 밤중에 그 몇 번이나 일어나 앉았던가. 그러면서도 그 순간까지 냉면은 먹고 싶었다. 누가 곁에다 감추고서 주지 않는 것만 같았다. 그렇게 먹고 싶은 냉면을 못 먹어 보고 죽는다는 것은 너무나 애달픈 일이다. 더구나 봉염이를 생각하고는 그만 양잿물 그릇을 쏟고 말았던 것이다.

삭수[15]가 차 올수록 그는 어쩔 줄을 몰랐다. 우선 남의 눈에 들키지나 않으려고 끈으로 배를 꼭꼭 동이고 밥도 한두 끼니는 예사로 굶었다. 그리고 될 수 있는 대로 사람을 피하여 이렇게 혼자 일을 하곤 하였다.

그때 지르릉하는 마차 소리에 그는 머리를 번쩍 들었다. 팡둥 방에서 뛰어나가는 신발 소리가 나더니 바바! 바바! 하고 팡둥의 어린애들이 떠드는 소리가 들린다. 그는 왔구나! 하였다. 따라서 가슴이 후다닥 뛰며 배 속의 애까지 빙빙 돌아간다. 그는 치맛주름이 들썩들썩 하는 것을 보자 배를 꾹 눌렀다. 신발 소리가 이리로 오므로 그는 얼른 일어났다. 그리고 팡둥이 혹시 나를 보러 오는가 하였다.

"어머이, 팡둥 왔어. 그런데 팡둥이 어머이를 오래."

봉염이는 문을 열고 들여다본다. 그는 팡둥이 아님에 다소 실망을 하면서도 안심되었다. 그러나 팡둥이 자기를 보겠다고 오라는 말을 들으니 부끄럼이 확 끼치며 알 수 없는 겁이 더럭 났다. 그리고 말을 할 수 없이 입이 다물어지며 손발이 후들후들 떨린다.

"어머이, 어디 아파?"

봉염이는 중국 계집애같이 앞 머리카락을 보기 좋게 잘랐

15 개월 수.

다. 그는 머리카락 사이로 눈을 동그랗게 뜨고 어머니를 말뚱히 쳐다본다. 그는 딸에게 눈치를 오비지 않으려고 머리를 돌리며,

"아니."

봉염이는 한참이나 무슨 생각을 하더니,

"어머이, 팡둥이 성난 것 같아 왜."

"왜, 어쩌더냐?"

"아니 글쎄 말야."

봉염이는 솥가에서 닳아져서 보기 싫게 된 그의 손톱을 들여다보면서 아까 팡둥의 얼굴을 생각하였다. 그때 팡둥의 아내 소리가 빽 하고 났다.

"뭣들 하고 그러고 있어. 어서 오라는데."

심상치 않은 그의 어성에 그들은 일시에 불길한 예감을 품으면서 팡둥 방으로 왔다. 팡둥은 어린애를 좌우로 안고서 모녀를 바라보았다. 그리고 잠깐 눈살을 찌푸리며 눈을 거칠게 뜬다. 팡둥의 아내는 입을 비쭉하였다.

"흥, 자식을 얼마나 잘 두었기에 애비 원수인 공산당에 들었을까. 그런 것들은 열 번 죽여도 좋아…… 우리는 공산당 친척은 안 돼. 공산당과는 우린 원수야. 오늘부터는 우리 집에 못 있어. 나가야지."

모녀를 딱 쏘아본다. 모녀는 갑자기 무슨 말인지를 알아들을 수가 없었다. 그리고 머리가 쩔쩔해 왔다.

"이번 쟝꿰되가 국자가[16]에 가서 네 오빠 죽이는 것을 보았단다."

---

16   局子街. 연길의 옛 이름.

모녀는 어떤 쇠 방망이로 머리를 사정없이 후려치는 듯 아뜩하였다. 한참 후에 봉염이 어머니는 팡둥을 바라보았다. 팡둥은 그의 시선을 피하여 어린애를 보면서도 그 말이 옳다는 뜻을 보이었다. 그는 한층 더 아찔하였다. 그 애가 참말인가, 하고 그는 속으로 부르짖었다.

　"어서 나가! 만주국에서는 공산당을 죽이니깐."

　팡둥의 아내는 귀고리를 흔들면서 모녀를 밀어내었다. 모녀는 암만 그들이 그래도 그 말이 참말 같지 않았다. 그리고 속 시원히 팡둥이가 말을 해 주었으면 하였다. 팡둥은 그들을 바라보자 곧 불쾌하였다. 그날 밤 그의 만족을 채운 그 순간부터 어쩐지 발길로 그의 엉덩이를 냅다 차고 싶게 미운 것을 느꼈다. 그다음부터 그는 봉염이 어머니와 마주 서기를 싫어하였다. 그러나 살림에 서투른 젊은 아내를 둔 그는 그들을 내보내면 아무래도 식모든지 착실한 일꾼이든지를 두어야겠으니 그러자면 먹여 주고도 돈을 주어야 할 터이므로 오늘 내일하고 이때까지 참아 왔던 것이다. 사실 그보다도 내보낼 구실 얻기가 거북하였던 것이다.

　그러던 차에 이번 국자가에서 봉식이 죽는 것을 보고서는 곧 결정하였다. 무엇보다도 공산당의 가족이니만큼 경비대원들이 나중에라도 알면 자신에게 후환이 미칠까 하는 생각이었고 또 하나는 자기가 극도로 공산당을 미워하느니만큼 공산당이라는 말만 들어도 소름이 끼쳐서 못 견디었던 것이다.

　아내에게 밀리어 문밖으로 나가는 모녀를 바라보는 팡둥은 봉식의 죽던 광경이 다시 떠오른다.

　친구와 교외에 나갔다가 공산당을 죽인다는 바람에 여러 사람의 뒤를 따라가서 들여다보니 벌써 십여 명의 공산당을 죽이고 꼭 하나가 남아 있었다. 그는 좀 더 빨리 왔더라면, 하고 후회하며 사람들 틈을 뻐기고 들어갔다. 마침 경비대에 끌리어 한가운데로 나앉은 공산당은 봉식이가 아니었으냐! 그는 자기 눈을 의심하고 몇 번이나 눈을 비빈 후에 보았으나 똑똑한 봉식이었다. 전보다 얼굴이 검어지고 거칠게 보이나마 봉식이었다. 그는 기침을 하며 봉식이가 들으리만큼 욕을 하였다. 그리고 행여 봉식이가 돈을 벌어 가지고 어미를 찾아오면 자기 생색도 나고 다소 생각함이 있으리라고 하였던 것이 절망이 되었다.

누런 군복을 입은 경비대원 한 사람은 시퍼런 칼날에 물을 드르르 부었다. 그러니 물방울이 진주같이 흐른 후에 칼날은 무서우리만큼 빛났다. 경비대원은 칼날을 들여다보며 슴뻑 웃는다. 그리고 봉식이를 바라보았다. 봉식이는 얼굴이 새하얗게 질리고도 기운 있게 버티고 있었다. 그리고 입모습에는 비웃음을 가득히 띠고 있다. 팡둥은 그 웃음이 여간 불쾌하지 않았다. 그리고 어느 때인가 공산당에게 위협을 당했던 그 순간을 얼핏 연상하며 봉식이가 확실히 공산당이라는 것을 의심하지 않았다. 그러자 칼날이 번쩍할 때 봉식이는 소리를 버럭 지른다. 어느새 머리는 땅에 떨어지고 선혈이 삭 하고 공중으로 뻗칠 때 사람들은 냉수를 잔등에 느끼고 흠칫 물러섰다.

생각만이라도 팡둥은 소름이 끼치어서 어린애를 꼭 껴안으며 어서 모녀가 눈에 보이지 않기를 바랐다. 모녀는 문밖에까지 밀리어 나오고도 팡둥이가 따라 나오며 말리려니 하였다. 그러나 그들이 보따리를 가지고 대문을 향할 때까지 팡둥은 가만히 있었다. 봉염이 어머니는 노염이 치받치어 획 돌아서서 유리창을 통하여 바라보이는 팡둥의 뒷덜미를 노려보았다. 미친 듯이 자기를 향하여 덤벼들던 저 팡둥이 그가 무어라고 소리를 지르려고 할 때 팡둥의 아내와 웬 알지 못할 사나이가 그를 돌려세우며 그들을 밖으로 내몰았다.

그들은 정신없이 시가를 벗어나 해란강변으로 나왔다. 강물이 앞을 막으니 그들은 우뚝 섰다. 어디로 가나? 하는 생각이 분에 흩어졌던 그들의 생각을 집중시켰다. 그들은 눈을 들었다. 해는 뉘엿뉘엿 서산에 걸렸는데 저 멀리 보이는 마을 앞에 둘러싼 버들 숲은 흡사히도 그들이 살던 싼더거우(三頭溝) 앞에 가로놓였던 그 숲과도 같았다. 그곳에는 아직도 남편과 봉식이가 있을 것만 같았다. 그러나 다시 한 번 눈을 부비치고 보았을 때 봉염의 어머니는 털썩 주저앉았다. 그리고 소리 높이 흐르는 강물을 들여다보며 그만 죽고 말까 하였다. 동시에 이때까지 거짓으로만 들리던 봉식의 죽음이 새삼스럽게 더 걱정이 되며 가슴이 쪼개지는 듯하였다. 그러나 그 말은 믿고 싶지 않았다. 봉식이는 똑똑한 아이다. 그러한 아이가 애비 원수인 공산당에 들었을 리가 없을 듯하였다.

그것은 자기 모녀를 내보내려는 거짓말이다.

"죽일 년, 그년이 내 아들을 공산당이라구. 에이 이 연놈들, 벼락 맞을라, 누구를 공산당이래…… 너희 놈들이 그러고 뒈질 때가 있을라. 누구를 공산당이래."

봉염이 어머니는 시가를 돌아보며 이를 북북 갈았다. 시가에는 수없는 벽돌집이 다닥다닥 붙어 앉았다. 저렇게 많은 집이 있건만 지금 그들은 몸담아 있을 곳도 없어 이리 쫓기어 나오는 생각을 하니 기가 꽉 찼다. 그리고 저자들은 모두가 팡둥 같은 그런 무서운 인간들이 사는 것 같아 보였다. 이렇게 원망스러우면서도 이리로 나오는 사람만 보이면 행여 팡둥이

가 나를 찾아 나오는가 하여 가슴이 뜨끔해지곤 하였다.

어스름 황혼이 그들을 둘러쌀 때에 그들은 더욱 난처하였다. 봉염이는 훌쩍훌쩍 울면서,

"오늘 밤은 어데서 자누? 어머이."

하였다. 그는 순간에 팡둥 집으로 달려 들어가서 모조리 칼로 찔러 죽이고 자기들도 죽고 싶은 충동이 강하게 일어났다. 그래서 그는 벌떡 일어났다. 그러나 그의 앞으로 끝없이 길어 나간 대철로를 바라보았을 때 소식 모르는 봉식이가 어미를 찾아 이 길로 터벅터벅 걸어올 때가 있지 않으려나…… 그리고 또다시 팡둥의 말과 같이 아주 죽어서 다시는 만나지 못하려나 하는 의문에 그는 소리쳐 울고 싶었다. "속 시원히 국자가를 가서 봉식이 소식을 알아볼까. 그러자. 그 후에 참말이라면 모조리 죽이고 나도 죽자!" 이렇게 결심하고 어정어정 걸었다.

그날 밤 그들은 해란강변에 있는 중국인 집 헛간에서 자게 되었다. 그것도 모녀가 사정을 하고 내일 시장에 내다 팔 시금치나물과 파 등을 다듬어 주고서 승낙을 받았다. 봉염의 어머니는 밤이 깊어 갈수록 배가 자꾸 아팠다. 그는 애가 나오려나 하고 직각하면서 봉염이가 잠들기를 고대하였다. 그러나 잠이 많던 봉염이도 오늘은 잠들지 않고 팡둥 부처를 원망하였다. 그리고 이때까지 몸 아끼지 않고 일해 준 것이 분하다고 종알종알하였다.

"용애는 잘 있는지. 우리 학교는 학생이 많은지."

잠꼬대 비슷이 봉염이는 지껄이다가 그만 잠이 들고 만다. 그의 어머니는 한숨을 후 쉬며 어서 봉염이가 잠든 틈을 타서 나오면 얼른 죽여서 해란강에 띄우리라 결심하였다.

그리고 배를 꾹꾹 눌렀다.

바람 소리가 후루루 나더니 빗방울이 후두두 떨어진다.

그는 되기 딴은 잘되었다 하였다. 이런 비 오는 밤에 아무도 몰래 애를 낳아서 죽이면 누가 알랴 싶었던 것이다.

그리고 그는 봉염의 몸을 어루만지며 낡은 옷으로 그의 머리까지 푹 씌워 놨다. 비는 출출 새기 시작하였다.

그는 봉염이가 비에 젖었을까 하여 가만히 그를 옮겨 누이고 자기가 비 새는 곳으로 누웠다. 비는 차츰 기세를 더하여 좍좍 퍼부었다. 그리고 그의 몸도 점점 더 아팠다.

그는 봉염이가 깰세라 하여 입술을 깨물고 신음 소리를 밖에 내지 않으려고 애썼다. 그러나 신음 소리가 콧구멍을 뚫고 불길같이 확확 내달았다. 그리고 빗방울은 그의 머리카락을 타고 목덜미로 입술로 새어 흐른다.

"어머이!"

봉염이는 벌떡 일어나서 어머니를 더듬었다.

"에그 척척해."

어머니의 몸을 만지는 그는 정신이 펄쩍 들었다. 그리고 비가 오는 것을 알았다.

"비가 새네, 아이고 어떡허나."

딸의 말소리도 이젠 들리지 않고 딸이 들을세라 조심하던 신음 소리도 더 참을 수가 없었다. 그는 "으흥으흥." 하면서 몸부림쳤다. 머리로 벽을 쾅쾅 받다가도 시원하지 않아서 손으로 머리를 감아쥐고 오짝오짝 뜯었다.

봉염이는 어머니를 흔들다가 흔들다가 그만 "흑흑." 하고 울었다.

어머니는 봉염이를 밀치며 "응응." 하고 힘을 썼다. 한참

후에 "으악!" 하는 애기 울음소리가 들렸다. 봉염이는 어머니 곁으로 다가붙으며,

"애기?"

하고 부르짖었다.

어머니는 얼른 아기를 더듬어 그의 목을 꼭 쥐려 하였다.

그 순간 두 눈이 화끈 달며 파란 불꽃이 쌍으로 내달았다.

그리고 전신을 통하여 짜르르 흐르는 모성애! 그는 자기의 숨이 턱 막히며 쥐려는 손끝에 맥이 탁 풀리는 것을 느꼈다.

그는 땀을 낙수처럼 흘리며 비켜 누워 버렸다. 그리고

"아이고!"

하고 소리쳐 울었다.

4 유모

아기를 죽이려다 죽이지 못하고 또 무서운 진통기를 벗어난 봉염의 어머니는 이제는 극도로 배고픔을 느꼈다. 지금 따끈한 미역국 한 사발이면 그의 몸은 가뿐해질 것 같다. 미역국! 지난날에는 남편이 미역국과 흰 이밥을 해 가지고 들어와서 손수 떠 넣어 주던 것을…… 하며 눈을 꼭 감았다. 비에 젖고 또 비에 젖은 헛간 바닥에서는 흙내에 피비린내를 품은 역한 냄새가 물큰물큰 올라왔다. 어떡하나? 내가 무엇이든지 먹구 살아야 저것들을 키울 터인데 무엇을 먹나, 누가 지금 냉수라도 쫄쫄 끓여다만 주어도 그 물을 마시고 정신을 차릴 것 같다. 그러나 그는 흙을 주워 먹기 전에는 아무것도 먹을 것이 없지 않은가, '봉염이를 깨울까, 그래서 이 집 주인에게 밥이

나 좀 해 달랄까, 아니 아니, 못 할 일이야, 무슨 장한 애를 낳았다고 그러랴. 그러면 어떻게? 오래지 않아 날이 밝을 터이니 아침에나 주인집에서 무엇이든지 얻어먹지…….' 하였다. 그리고 눈을 번쩍 떠서 뚫어진 헛간 문을 바라보았다. 아직도 캄캄하였다. '날이 언제나 새려나, 이 집에는 닭이 없는가 있는가.' 하며 귀를 기울였다. 사방은 죽은 듯이 고요하다. 간혹 채마밭에서 나는 듯한 벌레 소리가 어두운 밤에 별빛 같은 그러한 느낌을 던져 주었다. 그는 아기를 그의 뛰는 가슴속에 꼭 대며 자기가 아무렇게라도 살아야 할 것 같았다. "내가 왜 죽어, 꼭 산다. 너희들을 위하여 꼭 산다." 하고 중얼거렸다. 애를 낳기 전에는, 아니 보다도 이 아픔을 겪기 전에는, 죽는다는 말이 그의 입에서 떠나지 않았고 또 진심으로 죽었으면 하고 생각도 많이 하였다. 그러나 마침 죽음과 삶의 경계선에서 아차아차한 고비를 넘기고 겨우 소생한 그는 어쩐지 죽고 싶지는 않았다. 오히려 삶의 환희를 느꼈다. 그가 하필 이번뿐만이 아니라 이러한 경우를 여러 번 당하였으나 남편의 생전에는 죽음에 대하여 한 번도 생각해 보지도 않았으며 역시 죽고 싶지도 않았다. 그래서 죽음이란 아무 생각 없이 대하였을 뿐이었다.

이튿날 봉염의 어머니는 곤히 자는 봉염이를 흔들어 깨웠다. 봉염이는 벌떡 일어났다.

"너 이거 내다가 빨아 오너라. 그저 물에 헹구면 된다."

피에 젖은 속옷이며 걸레 뭉치를 뭉쳐서 그의 손에 들려 주었다. 그때 봉염의 어머니는 어쩐지 딸이 어려웠다. 그리고 딸의 시선이 거북스러움을 느꼈다. 봉염이는 아직도 가슴이 울렁거리며 모두가 꿈속에 보는 듯 분명하지를 않고 수없는 거미줄 같은 의문과 공포가 그의 조그만 가슴을 꼭 채웠다. 그는 얼른 일어나 밖으로 나왔다. 그의 어머니는 딸이 나가는 것을 보고 저것이 추울 터인데, 하며 자신이 끝없이 더러워 보였다.

봉염의 신발 소리가 아직도 사라지기 전에 그는 아기의 얼굴을 자세히 들여다보았다. 볼수록 뭉칫정이 푹푹 든다. 그리고 아기의 얼굴에 얼굴을 맞대지 않고는 견디지 못하였다. 주인집에서 깨어 부산하게 구는 소리를 그는 들으며 밥을 하는가, '밥을 좀 주려나, 좀 주겠지.' 하였다. 그리고 미역국 생각이 또 일어나며 김이 어린 미역국이 눈앞에 자꾸 어른거려 보인다. 따라서 배는 점점 더 고파 왔다. 이제 몇 시간만 더 이 모양으로 굶었다가는 그가 아무리 살고 싶어도 살 수가 없을 것 같았다. 그는 이러한 생각에 겁이 펄쩍 났다. '무엇을 좀 먹어야 할 터인데.' 그는 눈을 뜨고 사면을 휘돌아보았다. 아직도 헛간은 컴컴하다. 컴컴한 저편 구석으로 약간씩 보이는 파뿌리! 그는 어제 저녁에 주인 여편네가 오늘 장에 내다 팔 파를 헛간으로 옮겨 쌓던 생각을 하며 '옳다! 아무거라도 좀 먹으면 정신이 들겠지.' 하고 얼른 몸을 솟구어 파뿌리를 뽑았다. 그러나 주인이 나오는 듯하여 그는 몇 번이나 뽑은 파를 입에 대다가도 감추곤 하였다. 마침내 그는 파를 입속에 넣었다. 그리고 우쩍 씹었다. 그때 이가 시끔하며 딱 맞찔린다. 그래서 그는 얼굴을 찡그리며 입을 쩍 벌린 채 한참이나 벌리고 있었다.

침이 턱 밑으로 흘러내릴 때에야 그는 얼른 손으로 침을 몰아넣으며 이 침이라도 목구멍으로 삼켜야 그가 살 것 같았다. 그는 다시 파를 입에 넣고 이번에는 씹지는 않고 혀끝으로 우물우물하여 목으로 넘겼다. 넘어가는 파는 왜 그리도 차며 뻣뻣한지, 그의 목구멍은 찢어지는 듯 눈물이 쑥 삐어졌다. '파를 먹구도 사는가.' 그는 이렇게 생각하며 헛간문 사이로 보이는 하늘을 멍하니 쳐다보았다.

그때 신발 소리가 나며 헛간문이 홱 열린다.

"어머이, 용애 어머이를 빨래터에서 만났어. 그래서 지금 와!"

말이 채 마치기 전에 용애 어머니가 들어온다. 봉염이 어머니는 얼결에 일어나 그의 손을 붙들고 소리를 내어 울었다. 용애 어머니는 싼더거워서 한집안같이 가까이 지내었던 것이다. 그래서 봉염이를 따라 이렇게 왔으나 그들의 참담한 모양에 반가움이란 다 달아나고 내가 어째서 여기를 왔던가 하는 후회가 일었다. 그리고 뭐라고 위로를 할 말조차 생각나지 않았다.

"아니 봉염이 어머이, 이게 어찌 된 일이오."

한참 후에 용애 어머니는 입을 열었다. 봉염이 어머니는 울음을 그치고,

"다 팔자 사나워 그렇지요. 왜 죽지 않고 살았겠수…… 그런데 언제 내려왔수. 여기를?"

"우리? 작년에 모두 왔지. 우리 동네서는 모두 떠났다오. 토벌난 통에 모두 밤도망들을 했지. 어디 농사할 수가 있어야지. 그래 여기 내려오니 이리 어렵구려."

봉염이 어머니는 퍽이나 반가웠다. 그리고 용애 어머니를 놓쳐서는 안 될 것을 번개같이 깨달으며 모든 것을 숨김없이 말하고 사정하리라고 결심하였다.

"용애 어머이 난 아이를 낳았다우. 어젯밤에 이걸…… 어떡허우. 사람 하나 살리는 셈치고 날 며칠 동안만 집에 있게

해 주. 어떡하겠수. 나 같은 년 만나기가 불찰이지…….”

그는 말끝에 또다시 울었다. 용애 어머니를 만나니 남편이며 봉식의 생각까지 겹쳐 일어나는 동시에 어째서 남은 다 저렇게 영감이며 아들딸을 데리고 다니며 잘사는데 나만이 이런 비운에 빠졌는가 하는 생각이 들었던 것이다.

용애 어머니는 한참이나 난처한 기색을 띠우다가 한숨을 푹 쉬었다.

“그러시유. 할 수 있소.”

용애 어머니는 더 물으려고도 안 하고 안 나오는 대답을 이렇게 겨우 하였다. 뒤에서 가슴을 졸이고 있던 봉염이까지 구원받은 듯하여 한숨을 호 내쉬었다.

“고맙수. 그 은혜를 어찌 갚겠수.”

봉염의 어머니는 떨리는 음성으로 이렇게 말하고 봉염에게 애기를 업혀 주었다. 용애 어머니는 ‘이렇게 모녀를 데리고 가나? 남편이 뭐라고 나무라지나 않으려나?’ 하는 불안에 발길이 무거워졌다.

용애네 집으로 온 그들은 사흘을 무사히 지냈다. 용애 어머니는 남의 빨랫삯을 맡아 날이 채 밝지도 않아서 빨래터로 달아나고 용애 아버지는 철도 공사 인부로 역시 그랬다. 그래서 근근이 살아가는 것을 보는 봉염의 어머니는 그들을 마주 바라볼 수 없이 어려웠다. 그래서 얼른 일어나고 말았다. 그날 저녁 봉염의 어머니는 빨래터에서 돌아오는 용애 어머니를 보고,

“나두 남의 빨래를 하겠으니 좀 맡아다 주.”

용애 어머니는 눈을 크게 떴다.

“어서 더 눕고 있지, 웬일이요…… 어려워 말우.”

용애 어머니는 갑자기 무슨 생각이 난 듯이 눈을 껌뻑이더니 다가앉았다. 부엌에서는 용애와 봉염이 종알거리는 소리가 들렸다.

"아니, 저 나 빨래 맡아다 하는 집에서 젖유모를 구하는데…… 애가 딸렸다더라도 젖만 많으면 두겠다구 해. 그 대신 돈이 좀 적겠지만…… 어떠우?"

봉염의 어머니는 귀가 번쩍 뜨였다.

"참말이요? 애가 있어도 된대요?"

용애 어머니는 이 말에는 우물쭈물하고,

"하여간 말이야, 한 달에 십이삼 원을 받으면 집세 얻어서 봉염이와 애기는 따루 있게 하고 애기에겐 봉염의 어머니가 간간이 와서 젖을 먹이고 또 우유를 곁들이지 어떡허나. 큰 애 같지 않아 갓난애니까 저게서 알면 재미는 좀 적을게요. 그러니 우선은 큰 애라고 속이고 들어가야지. 그러니 그렇게만 되면 그 벌이가 아주 좋지 않우."

봉염의 어머니는 벌이 자리가 난 것만 다행으로 가슴이 뛰도록 기뻤다.

"그러면 어떻게든지 해서 들어가도록 해 주우."

하였다. 그리고 돈만 그렇게 벌게 되면 이 집에 신세 진 것은 꼭 갚아야겠다 하며 자는 아기를 돌아보았을 때 '저것을 떼고 남의 애에게 젖을 먹여?' 하였다.

며칠 후에 몸이 다소 튼튼해진 봉염의 어머니는 드디어 젖유모로 채용이 되어 애기와 봉염이를 떨치고 가게 되었다. 그리고 봉염이와 아기는 조그만 방을 세 얻어 있게 하였다. 그후부터 아기는 봉염이가 맡아서 길렀다. 아기는 매일같이 밤만 되면 불이 붙는 것처럼 울고 자지 않았다. 그때마다 봉염이는 아기를 업고 잠 오는 눈을 꼬집어 당기면서 방 안을 거닐었다. 그리고 나중에는 아기와 같이 소리를 내어 울면서 어두운 문밖을 내다보곤 하는 때가 종종 있었다.

이렇게 지나기를 한 일 년이 되니 애기는 우는 것도 좀 나아지고 오줌이며 똥두 누겠노라고 낑낑대었다. 봉염이는 아기를 잘 거두어 주다가도 애가 놀러 왔는데 자꾸 운다든지 제 장난감을 흐트러뜨린다든지 하면 아기를 사정없이 때리었다. 그리고 미처 오줌과 똥을 누겠노라고 못 하고 방바닥에 싸 놓으면 사뭇 죽일 것같이 애기를 메치며 때리곤 하였다. 그것은 애기가 미워서 때리는 게 아니고 제 몸이 고달프고 귀찮으니 그렇게 하는 것이었다. 애기의 이름은 봉염의 이름자를 붙여서 봉희라고 지었다. 봉희는 이젠 우유를 안 먹고 간간이 어머니의 젖과 밥을 먹었다. 그는 이제야 겨우 빨빨 기었다. 그리고 때로는 오뚝 일어서고 자작자작[17] 걸었다. 그러나 눈치는 아주 엉뚱하게 밝았다. 그러므로 어떤 때는 똥과 오줌을 방바닥에 싸 놓고도 언니가 때릴 것이 무서워서 "으아" 하고 때리기 전부터 미리 울곤 하였다. 그리고 어떤 때는 봉염이가 동무와 놀 양으로 봉희를 보고 자라고 소리치면 봉희는 잠도 안 오는 것을 눈을 꼭 감고서 땀을 뻘뻘 흘리며 자는 체하였다. 그가 돌이 지나도록 자란 것은 뼈도 아니요 살도 아니요 눈치와 머리통뿐이었다. 머리통은 조그만 바가지통만 하였다. 그리고 머리통이 몹시도 굳었다. 그러나 이 머리통을 싸고 있는 머리카락은 갓 나던 그대로 노란 것이 나스르르하였다.[18] 어쨌

---

17 어린아이가 처음 걷기 시작할 때처럼 발을 짧게 내디디며 위태롭게 걷는 모양.
18 가늘고 보드라운 털이나 풀 따위가 짧고 성기게 나 있다.

든 그의 전체에서 명 붙어 보이는 곳이란 이 머리통같이도 보이고, 혹은 이 머리통이 너무 몸에 맞지 않게 크므로 못 이겨서 오래 살지 못하고 죽을 것같이도 무겁게 보이곤 했다.

봉희는 어머니를 알아보았다. 그래서 어머니가 왔다갈 때마다 그는 번번이 울었다. 그때마다 세 모녀는 서로 붙안고 한참씩이나 울다가 헤어지곤 하였다.

어느 여름날이다. 봉염이는 열병에 걸려 밥도 못 지어 먹고서 자리에 누워 있었다. 온몸이 불같이 뜨거워서 미처 어디가 아픈지도 알아낼 수가 없었다. 곁에서 봉희는 "앵앵" 울었다. 봉염이는 어머니나 와 주었으면 하면서 어제 먹다 남은 밥을 봉희의 앞에 놓아 주었다. 봉희는 울음을 그치고 밥을 퍼 넣는다. 봉염이는 눈을 딱 감고 팔을 이마에 올려놓았다. 그러다 신발 소리 같아 눈을 번쩍 떠서 보면 어머니는 아니요, 곁에서 봉희가 밥그릇 쥐어 당기는 소리다. 그는 화가 버럭 났다.

"잡놈의 계집애, 한자리에서 먹지 여기저기 다니며 벌여 놓니!"

눈을 부릅떴다. 봉희는 금시 울음이 터져 나오는 것을 참으며 입을 비죽비죽하였다. 그리고 문을 돌아보았다. 필시 봉희도 어머니를 찾는 것이라고 봉염이는 얼른 생각되었을 때 그는 "어머이!" 하고 소리치고 싶은 충동을 강하게 받았다. 그는 입술을 꼭 다물고 한참이나 울듯 울듯이 봉희를 바라다보았다.

"봉희야, 너 엄마 보고 싶니? 우리 갈까?"

그는 누가 시켜 주는 듯이 이런 말을 쑥 뱉었다. 봉희는 말끄러미 보더니 밥술을 뎅그렁 놓고 달려온다. 봉염이는 '아차 내가 공연한 말을 했구나!' 후회하면서 봉희를 힘껏 껴안

왔다. 그때 두 줄기 눈물이 그의 볼에 뜨겁게 흘러내리는 것을 그는 깨달았다.

"어머이는 왜 안 나와. 오늘은 꼭 올 차례인데. 그렇지 봉희야!"

봉희는 아무것도 모르고,

"응."

하고 대답할 뿐이었다.

"어서 밥 머. 우리 봉희는 착해."

봉염이는 봉희의 머리를 내리쓸고 내려놨다. 봉희는 또다시 밥술을 쥐고 밥을 먹었다. 봉염이는 멍하니 천장을 바라보았다. 언제인가 어머니가 와서 깨끗이 쓸어 주고 가던 거미줄은 또다시 연기같이 슬어 붙었다. "어머니는 거미줄이 슬었는데두 안 온다니." 하였다. 그 후에도 어머니는 몇 번이나 왔건만 그 기억은 아득하여 이런 말을 하지 않고는 견디지 못하였다. 그는 돌아누우며 '어머니가 조반을 먹고서 명수를 업고 문밖을 나오나…… 에크 이젠 되놈의 상점은 지났겠다. 이젠 문 앞에 왔는지도 모르지.' 하고, 다시 문 편을 흘금 바라보았다. 그러나 신발 소리는 들리지 않았다. 오직 봉희가 술 구르는 소리뿐이다.

그는 벌떡 일어나서 문을 탁 열어젖혔다. 봉희는 어떤 까닭을 모르고 한참이나 언니를 말끄러미 바라보다가 발발 기어 왔다.

그는 코에서 단김이 확확 내뿜는 것을 깨달으며 팔싹 주저앉았다.

밖에는 곁집 부인이 흰 빨래를 울바자에 바삭바삭 소리를 내며 널고 있었다. 바자 밖으로 넘어오는 손끝은 흡사히 어머니의 다정한 그 손인 듯, 그리고 금시로 젖비린내를 가득히 피우는 어머니가 저 바로 밖에 섰는 듯하였다. 그는 젖비린내 속에 앉아 있으면 어쩐지 맘이 푹 놓이고 평안함을 느꼈다.

그는 못 견디게 어머니 품에 자기의 다는 몸을 탁 안기고 싶었다. 그는 목이 마른 듯하여 물을 찾았다. 그래서 봉희가 밥 말아 먹던 물을 마셨지만 어쩐지 더 답답하였다.

이렇게 자리에 못 붙고 안타까워하던 그는 어느새 잠이 들었다가 무엇에 놀라 후닥닥 깨었다.

그의 얼굴에 수없이 붙었던 파리 소리만이 웽웽하고 났다.

그는 얼른 봉희가 없는 데에 정신이 바짝 들었다.

뒤이어 '어머니가 왔었나? 그래서 봉희만 데리고 어디를 나갔나.' 하는 생각이 들자 그만 발악을 하고 울고 싶었다. 그는 미친 듯이 달려 일어났다. 그래서 밖으로 튀어 나가니 어머니와 봉희는 보이지 않았다. 그리고 찌는 듯한 더위는 마당이 붉어지도록 내리쪼인다. '어디 갔을까? 어머니가?' 하고 울 밖에까지 쫓아 나갔다가 앞집 부인을 만났다.

"우리 어머이 못 봤우?"

"못 봤어…… 왜 어디 아프냐? 너."

어머니 못 봤다는 말에 더 말하고 싶지 않은 그는 눈이 벌게서 찾아다니다가 방으로 들어왔다. 그때 뒤뜰에서 무슨 소리가 나므로 벌떡 일어나 뛰어나갔다.

저편 뜨물동이 옆에는 봉희가 붙어 서서 그 큰 머리를 숙이고 마치 젖 빨듯이 입을 뜨물동이에 대고 뜨물을 꼴깍꼴깍 들이마시고 있다. 그리고 머리털은 햇볕에 불을 댄 것처럼 빨갛다.

5 어머니의 마음

사흘 후에 봉염이는 드디어 죽고 말았다. 그의 어머니는 할 수 없이 유모를 그만두고 명수네 집에서 나오게 되었으며 봉희 역시 몹시 앓더니 그만 죽었다. 형제가 죽는 것을 본 주인집에서는 그를 나가라고 성화 치듯 하였다. 그는 참다못해서 주인마누라와 아우성을 치면서 싸웠다. 그리고 끌어내기 전에는 움직이지 않을 뜻을 보이고 하루 종일 방 안에 누워 있었다. 전날에 그는 미처 집세를 못 내도 주인 대하기가 거북하였는데 지금은 어디서 이러한 대담함이 생겼는지 그 스스로도 놀랄 만하였다.

이제도 그는 주인마누라와 한참이나 싸웠다. 만일 주인마누라가 좀 더 야단을 쳤다면 그는 칼이라도 가지고 달라붙고 싶었다. 그러나 다행히 주인마누라는 그 눈치를 채었음인지 슬그머니 들어가고 말았다. "흥! 누구를 나가래. 좀 안 나갈걸, 암만 그래두." 이렇게 중얼거리며 그는 문 편을 노려보았다. 그리고 좀 더 싸우지 않고 들어가는 주인마누라가 어쩐지 부족한 듯하였다. 그는 지금 땅이라도 몇십 길 파고야 견딜 듯한 분이 우쩍우쩍 올라왔던 것이다.

분이 내려가더니 잠깐 잊었던 봉염이 봉희, 명수까지 뻔히 떠오른다. 생각하면 할수록 그들은 자기가 일부러 죽인 듯했다. 그가 곁에 있었으면 애들이 그러한 병에 걸리지 않았을지도 모르거니와 설사병에 걸렸더라도 죽기까지는 않았을 것 같았다. 그는 가슴을 탁탁 쳤다. "남의 새끼 키우느라 제 새끼를 죽인단 말이냐…… 이년들 모두 가면 난 어쩌라는 말이냐. 날 마저 데려가라." 하고 소리를 내어 울었다. 그러나 음성도 이미 갈리고 지쳐서 몇 번 나오지 못하고 콱 막힌다. 그러고는 목구멍만 찢어지는 듯했다. 그는 기침을 칵칵 하며 문밖을 흘끔 보았을 때 며칠 전 일이 불현듯이 떠올랐다.

그날 밤 비는 좍좍 퍼부었다. 봉염의 어머니는 봉염이가 않는 것을 보고 가서 도무지 잠들 수가 없었다. 그래서 밤중에 그는 속옷 바람으로 명수의 집을 벗어났다. 그가 젖유모로 처음 들어갔을 때 밤마다 옷을 벗지 못하고 누웠다가는 명수네 식구가 잠만 들면 봉희를 찾아와서 젖을 먹이곤 하였다. 이 눈치를 챈 명수 어머니는 밤마다 눈을 밝히고 감시하는 바람에 그 후로는 감히 옷을 입지 못하고 누웠다가는 틈만 있으면 벗은 채로 달려오는 때가 종종 있었던 것이다. 그 밤, 낮에 다녀온 것을 명수 어머니가 뻔히 아는 고로 다시 가겠단 말을 못하고 누웠다가 그들이 잠든 틈을 타서 소리 없이 문을 열고 나온 것이다. 사방은 지척을 분간할 수 없이 어두우며 몰아치는 바람결에 굵은 빗방울은 그의 벗은 어깨를 사정없이 내리쳤다. 그리고 눈이 뒤집히는 듯 번갯불이 번쩍이고 요란한 천둥소리가 하늘을 때려 부수는 듯 아뜩아뜩하였다.

그러나 그는 지금 아무것도 무서운 것이 없었다. 오직 그의 앞에는 저 하늘에 빛나는 번갯불같이 딸들의 신변이 일각일각으로 걱정되었던 것이다.

그가 숨이 차서 집까지 왔을 때 문밖에 허연 무엇이 있음에 그는 깜짝 놀랐다. 그러나 그것이 봉염인 것을 직감하자 그는 와락 달려들었다.

"이년의 계집애, 뒈지려고 예 가 누웠냐?"

비에 젖은 봉염의 몸은 불같았다. 그는 또다시 아뜩하였다. 그리고 간폭을 갉아 내는 듯함에 그는 부르르 떨었다. 따

라서 젖유모고 무엇이고 다 집어치우겠다는 생각이 머리가
아프도록 났다. 그러나 그들이 방까지 들어와서 가지런히 누
웠을 때 그의 머리에는 또다시 불안이 불 일듯 일어났다. 명수
가 지금 깨어서 그 큰 집이 떠나갈 듯이 우는 것 같고, 그리고
명수 어머니 아버지까지 깨어서 얼굴을 찡그리고 자기의 지
금 행동을 나무라는 듯, 보다도 당장에 젖유모를 그만두고 나
가라는 불호령이 떨어지는 듯, 아니, 떨어진 듯, 그는 두 딸의
몸을 번갈아 만지면서도 그의 손끝의 감촉을 잃도록 이런 생
각만 자꾸 들었다. 그는 마침내 일어났다. 자는 줄 알았던 봉
희가 젖꼭지를 쥐고 달려 일어났다. 그리고 "엄마!" 하고 울음
을 내쳤다. 봉염이는 차마 어머니더러 가지 말란 말은 못 하고
흑흑 느껴 울면서 어머니의 치맛깃을 잡고,

　"조금만 더……."

　하던 그 떨리는 그 음성…… 그는 지금도 들리는 듯하였
다. 아니 영원히 잊히지 않을 것이다.

　그는 벌떡 일어났다. 그리고 이 모든 생각을 하지 않으
려고 방 안을 빙빙 돌았다. 그러나 불똥 튀듯 일어나는 이 쓰
라린 기억은 어쩔 수가 없다. 그리고 명수의 얼굴까지 떠올
라서 핑핑 돌아간다. 빙긋빙긋 웃는 명수. "그놈 울지나 않는
지……." 나오는 줄 모르게 이렇게 중얼거리고는 그는 억지로
생각을 돌리려고 맘에 없는 딴말을 지껄였다. "에이 이놈의
자식, 너 때문에 우리 봉희 봉염이는 죽었다. 물러가라!" 그러
나 명수의 얼굴은 점점 다가온다. 손을 들어 만지면 만져질 듯
이…… 그는 얼른 손등을 꽉 물었다. 손등이 아픈 것처럼 그렇
게 명수가 그립다. 그리고 발길이 앞으로 나가려고 주춤주춤
하는 것을 꾹 참으며 어제 이맘때 명수의 집까지 갔다가도 명

수 어머니에게 거절을 당하고 돌아오던 생각을 하며 맥없이 머리를 떨어뜨리었다. '흥! 제 자식 죽이고 남의 새끼 보고 싶어 하는 이 어리석은 년아, 왜 죽지 않고 살아 있어? 왜 살아, 왜 살아, 그때 죽었으면 이 고생은 하지 않지.' 하며 남편의 죽은 것을 보고 따라 죽을까? 하던 그때 생각을 되풀이하였다. 그리고 자신이 이러한 비운에 빠지게 된 것은 남편이 죽었기 때문이라고 단정하였다. 그리고 남편을 죽인 공산당, 그에게 있어서는 철천지원수인 듯했다. 생각하면 광둥도 그의 남편이 없기 때문에 그에게 그러한 일을 감행하지 않았던가. 그렇다 모두가 공산당 때문이다. 그때 공산당이라고 경비대에게 죽었다는 봉식이가 떠오르며 광둥의 그 얼굴이 선명하게 나타난다. "이놈 내 아들이 공산당이라구…… 내쫓으려면 그냥 내쫓지 무슨 수작이냐, 더러운 놈…… 봉식아 살았느냐 죽었느냐?" 그는 봉식이를 부르고 나니 어떤 실낱같은 희망을 느꼈다. 국자가에로 가자, 그래서 봉식이를 찾자 할 때 그는 가기 전에 명수를 봐야겠다는 생각이 불쑥 일어난다. 명수, 명수야! 하고 입속으로 부르며 무심히 그는 그의 젖꼭지를 꼭 쥐었다. 지금쯤은 날 부르고 울지 않는가? ……그는 와락 뛰어나왔다. 그러나 명수 어머니의 그 얼굴이 사정없이 그의 앞을 콱 가로막는 듯했다. 그는 우뚝 섰다. "이년! 명수를 왜 못 보게 하니. 네가 낳기만 했지 내가 입때 키우지 않았니. 죽일 년, 그 애가 날 더 따르지, 널 따르겠니. 명수는 내 거다." 하고 눈을 부릅떴다. 그러나 다음 순간에 명수의 머리카락 하나 자유로 만져 보지 못할 자신인 것을 깨달을 때 그는 머리를 푹 숙였다.

고요한 밤이다. 이 밤의 고요함은 그의 활활 타는 듯한 가슴을 눌러 죽이려는 듯했다. 이러한 무거운 공기를 헤치고 물큰 스치는 감자 삶은 내! 그는 지금이 감자 철인 것을 얼핏 느끼며 누구네가 감자를 이리도 구수하게 삶는가 하며 휘돌아보았다. 그리고 뜨끈한 감자 한 톨 먹었으면 하다가 흥! 하고 고소(苦笑)를 하였다. 무엇을 먹고 살겠다는 자신이 기막히게 가련해 보였던 것이다. 그는 벽을 의지해서 하늘을 멍하니 바라보았다. 하늘에는 달이 둥실 높이 떴고 별들이 종종 반짝인다. 빛나는 별, 어떤 것은 봉염의 눈 같고 봉희의 눈 같다. 그리고 명수의 맑은 눈 같다. 젖을 주무르며 쳐다보던 명수의 그 눈. "에이 이놈, 저리 가라!" 그는 또다시 이렇게 중얼거렸다. 그리고 봉희, 봉염의 눈을 생각하였다. 엄마가 그리워서 통통 붓도록 울던 그 눈들, 아아, 이 세상에서야 어찌 다시 대하랴! ……공동묘지에나 가 볼까 하고 그는 충충 걸어 나올 때 달 아래 고요히 놓인 수없는 묘지들이 획 지나친다. 그는 갑자기 싫은 생각이 냉수같이 그의 등허리를 지나친다. 여기에 툭 튀어나오는 달 같은 명수의 그 얼굴, 그는 멈칫 서며 죽음이란 참말 무서운 것이다, 하며 시름없이 저편을 바라보았다. 그때 그는 무엇에 놀란 사람처럼 후다닥 달려 나왔다.

앞집 처마 끝 그림자와 이 집 처마 끝 그림자 사이로 눈송이같이 깔리어 나간 달빛은 지금 명수가 자지 않고 자기를 부르며 누워 있을 부드러운 흰 포단과 같았던 것이다. 그러나 그것은 그의 볼을 사정없이 후려치는 듯한 달빛이었다. 그는 두 손으로 볼을 쥐고 그 달빛을 밟고 섰다. 그리고 "명수야!" 하고 쏟아져 나오는 것을 숨이 막히게 참으며 조금도 이지러짐이 없는 저 달을 쳐다보았다. 그의 눈에는 어느덧 눈물이 술술 흐른다. 그리고 '정이란 치사한 것이다!'라고 생각하였다.

그는 문득 그의 그림자를 굽어보며 이제로부터 자신은 살아야 하나 죽어야 하나가 의문이 되었다. 맘대로 하면 당장이라도 죽어서 모조리 잊으면 이보다 더한 행복은 없을 것 같다. 그러고 나니 그의 몸은 천근인 듯, 이 무게는 죽음으로써야 해결할 것 같다. '죽으면 어떻게 죽나? 양잿물을 마시고…… 아니 아니, 그것은 못 할 게야 오장육부가 다 썩어 내리고야 죽으니 그걸 어떻게, 그러면 물에 빠져…….' 그의 앞에는 펑펑 도는 푸른 물결이 무서웁게 나타나 보인다. 그는 흠칫하며 벽을 붙들었다. '사는 날까지 살자. 그래서 봉식이도 만나 보고 그놈들 공산당들도 잘되나 못되나 보구. 하늘이 있는데 그놈들이 무사할까 보냐. 이놈들 어디 보자.' 그는 치를 부르르 떨었다. 마침 신발 소리가 나므로 그는 주인마누라가 또 싸우러 나오는가 하고 안방 편으로 머리를 돌렸다. 반대 방향에서,

"왜 거기 섰수?"

그는 휘끈 돌아보자 용애 어머니임에 반가웠다. 그리고 저가 명수의 소식을 가지고 오는 듯싶었다.

"명수 봤수?"

"명수? 아까 낮에 잠깐 봤수."

"울지? 자꾸 울게유!"

용애 어머니는 그를 물끄러미 바라보며 아까 명수가 발악을 하고 울던 생각을 하였다. 그리고 봉염의 어머니 역시 얼마나 명수를 보고 싶어 한다는 것을 즉석에서 알 수가 있었다.

"어제 갔댓수? 명수한테."

"예, 그년이 죽일 년이 애를 보게 해야지. 흥! 잡년 같으니."

용애 어머니는 잠깐 주저하다가,

"가지 말아요. 명수 어머니가 벌써 어서 알았는지 봉염이 봉희가 염병에 죽었다구 하면서 펄펄 뜁데다. 아예 가지 말아 유."

그는 용애 어머니마저 원망스러워졌다.

"염병은 무슨 염병, 그 애들이 없는데야 무슨 잔수작이래 유. 그만두래. 내 그 자식 안 보면 죽을까 뭐, 안 가, 안 가유, 흥!"

명수 어머니가 앞에 섰는 듯 악이 바락바락 치밀었다. 그의 기색을 살피는 용애 어머니는,

"그까짓 말은 그만둡시다, 우리! 저녁이나 해 자셨수?"

치맛길을 휩싸고 쪼그려 앉은 용애 어머니에게서는 청어 비린내가 물큰 일어난다. 그는 갑자기 자기가 배고파서 이렇게 더 어렵다는 것을 알았다. 그리고 용애 어머니에게 말하여 식은 밥이라도 좀 먹어야겠다 하였다.

"오늘도 또 굶었구려. 산 사람은 먹어야지유! 내 그럴 줄 알고 밥을 좀 가져왔더니…… 잠깐 기대리우. 내 얼른 가져 올게."

용애 어머니는 얼른 일어나서 나간다. 봉염의 어머니는 하반신이 끊어지는 듯 배고픔을 느끼며 겨우 방 안으로 들어가서 쾅 하고 누워 버렸다. 용애 어머니는 왔다.

"좀 떠보시유. 그리고 정신을 차려유. 그러구 살 도리를 또 해야지…… 저 참, 이(利) 남는 장사가 있수."

봉염의 어머니는 한참이나 정신없이 밥을 먹다가 용애 어머니를 바라보았다.

"아주 이가 많이 남아유. 저, 거시기 우리 영감도 그 벌이하러 오늘 떠났다오."

"무슨 벌이유?"

벌이라는 말에 그의 귀는 솔깃하였다. 용애 어머니는 음성을 낮추며,

"소금장사 말유."

"붙잡히면 어쩌유?"

봉염이 어머니는 눈을 둥그렇게 떴다.

"그러기에 아주 눈치 빠르게 잘해야지. 돈벌이하려면 어느 것이나 쉬운 것이 어디 있수 뭐."

그는 이렇게 말하면서 먼 길을 떠난 영감의 신변이 새삼스럽게 더 걱정이 되었다. 한참이나 그들은 잠잠하고 있었다.

"봉염이 어머니두 몸이 튼튼해지거들랑 좀 해 봐유. 조선서는 소금 한 말에 삼십 전 안에 든다는데 여기 오면 이원삼십전! 얼마나 남수."

그의 말에 봉염이 어머니는 기운이 버쩍 나면서도 다시 얼핏 생각하니 두 딸을 잃은 자기다. 남들은 아들딸을 먹여 살리려고 소금 짐까지 지지만 자신은 누구를 위하여……? 마침내 자기 일신을 살리려 한다는 결론을 얻었을 때 그는 너무나 적적함을 느꼈다. 그러나 아무리 자기 일신일지라도 스스로 악을 쓰고 벌지 않으면 누가 뜨물 한 술이나 거저 줄 것일까? 굶는다는 것은 차라리 죽음보다도, 그 무엇보다 무서운 것이다. 보다도 참기 어려운 것은 그것이다. 요전까지는 그의 정신이 흐리고 온 전신이 나른하더니 지금 밥술을 입에 넣으니 확실히 다르지 않은가. 그리고 가슴을 누르는 듯하던 주위의 공기가 가뿐해 오지 않는가. '살아서는 할 수 없다, 먹어야지…….' 그때 그는 문득 중국인의 헛간에서 봉회를 낳고 파뿌리를 씹던 생각이 났다. 그는 몸서리를 쳤다. 그리고 그동안에

그는 명수네 집에 비록 맘 고통은 있었을지라도 배고픈 일은 당하지 않았다는 것을 처음으로 느꼈다. 그는 명수의 얼굴을 또다시 머리에 그리며 명수가 못 견디게 자꾸 울어서 명수 어머니가 할 수 없이 날 또다시 데려가지 않으려나? 하면서 밥술을 놓았다.

"왜 더 자시지. 이젠 아무 생각도 말구 내 몸 튼튼할 생각만 해유."

"튼튼할…… 흥, 사람의 욕심이란…… 영감 죽어, 아들 딸……."

그는 음성이 떨리어 목멘 소리를 하면서 문 편을 시름없이 바라보았다. 달빛에 무서우리만큼 파리해 보이는 그의 얼굴을 바라보는 용애 어머니는 나가는 줄 모르게 한숨을 쉬었다.

그리고 '하늘도 무심하다.' 하며 달빛을 쳐다보았다.

"그럼 어쩌우. 목숨 끊지 못하구 살 바에는 튼튼해야지. 지나간 일은 아예 생각지 말아유."

이렇게 말하는 용애 어머니는 그의 곁으로 다가앉으며 흐트러진 그의 머리를 만져 주었다.

그는 얼핏 명수가 젖을 먹으며 그 토실토실한 손으로 그의 머리카락을 쥐어뜯던 생각이 나서 적이 가라앉았던 가슴이 다시 후닥닥 뛴다. 그는 무의식간에 용애 어머니의 손을 덥석 쥐었다.

"명수 지금 잘까유?"

말을 마치며 용애 어머니 무릎에 그는 머리를 파묻고 소리를 내어 울었다. 어느덧 용애 어머니 눈에서도 눈물이 흘렀다.

"울지 마우. 그까짓 남의 새끼 생각지 말아유. 쓸데 있수?"

"한 번만 보구는…… 난 안 볼래유. 이제 가유, 네 용애 어머니."

자기 혼자 가면 물론 거절할 것 같으므로 그는 용애 어머니를 데리고 가려는 심산이었다.

용애 어머니는 아까 입에 못 담게 욕을 하던 명수 어머니를 얼핏 생각하며 난처해하였다.

그래서 그는 언제까지나 잠잠하고 있었다. 봉염이 어머니는 벌떡 일어났다. 그리고 용애 어머니의 손을 잡아끌었다.

"봉염이 어머니, 좀 진정해유. 우리 내일 가 봅시다."

하고 그를 꼭 붙들어 주저앉히었다. 달빛은 여전히 그들의 얼굴에 흐르고 있다.

6 밀수입

북국의 가을은 몹시도 스산하다. 우레 같은 바람 소리가 대지를 뒤흔드는 어느 날 밤 봉염이 어머니는 소금 너 말을 자루에 넣어서 이고 일행의 뒤를 따랐다. 그들 일행은 모두가 여섯 사람인데 그중에 여인은 봉염이 어머니뿐이었다. 앞에서 걷는 길잡이는 십여 년을 이 소금 밀수로 늙었기 때문에 눈 감고도 용이하게 길을 찾아가는 것이다. 그러므로 그들은 이 길잡이에게 무조건 복종을 하였다. 그리고 며칠이든지 소금 짐을 지는 기간까지는 벙어리가 되어야 하며 그 대신 의사 표시는 전부 행동으로 하곤 하였다.

그들은 열을 지어 나란히 걸었다. 바람은 여전히 불었다. 그들은 앞사람의 행동을 주의하며 이 바람 소리가 그들을 다그쳐 오는 어떤 신발 소리 같고 또 어찌 들으면 순사의 고함

치는 소리 같아서 숨을 죽이곤 하였다. 그리고 어제도 이 근방 어디서 소금 짐을 지다 총에 맞아 죽은 사람이 있다지 하며 발걸음 옮김을 따라 이러한 불안이 저 어둠과 같이 그렇게 답답하게 그들의 가슴을 캄캄하게 하였다.

남들은 솜옷을 입었는데 봉염이 어머니는 겹옷을 입고 발가락이 나오는 고무신을 신었다. 그러나 추운 것은 모르겠고 시간이 지날수록 머리에 인 소금 자루가 무거워서 견딜 수 없다. 머리 복판을 쇠뭉치로 사정없이 뚫는 것 같고 때로는 불덩이를 이고 가는 것처럼 자꾸 따가웠다. 그가 처음에 소금 자루를 일 때 사내들과 같이 엿 말을 이려고 했으나 사내들이 극력 말리므로 아쉬운 것을 참고 너 말을 이게 된 것이다. 그런 것이 소금 자루를 이고 단 십 리도 오기 전에 이렇게 머리가 아팠다. 그는 얼굴을 잔뜩 찡그리고 두 손으로 소금 자루를 조금씩 쳐들어 아픈 것을 진정하였으나 아무 쓸데도 없고 팔까지 떨어지는 듯이 아프다. 그는 맘대로 하면 이 소금 자루를 힘껏 쥐어뿌리고[19] 그 자리에서 자신도 그만 넌떡[20] 죽고 싶었다. 그러나 그것은 공연한 맘뿐이었다. 발길은 여전히 사내들의 뒤를 따라간다. '사내들과 같이 저렇게 나도 등에 져 보더라면…… 이제라도 질 수가 없을까. 그러려면 끈이 있어야지 끈이…… 좀 쉬어 가지 않으려나, 쉬어 갑시다.' 금시로 이러한 말이 입 밖에까지 나오다가는 칵 막히고 만다. 그리고 여전히 손길은 소금 자루를 들어 아픈 것을 진정하려 하였다.

이마와 등허리에서는 땀이 낙수처럼 흘러서 발밑까지 내

19　아무 데나 흘리거나 뿌리다.

20　머뭇거리지 않고 단번에 빨리.

려왔다. 땀에 젖은 고무신은 왜 그리도 미끄러운지 걸핏하면 그는 쓰러지려 하였다. 그래서 그는 정신을 바짝 차리면 벌써 앞의 신발 소리는 픽이나 멀어졌다. 그는 기가 나서 따라오면 숨이 칵칵 막히고 옆구리까지 결린다. '두 말이나 일 것을…… 그만 쏟아 버릴까? 어쩌누?' 소금 자루를 어루만지면서도 그는 차마 그리하지는 못하였다.

어느덧 강물 소리가 어렴풋이 들린다. 그들은 이 강물 소리만 들어도 한결 답답한 속이 좀 풀리는 듯하였다. 강가에 가면 이 소금 짐을 벗어 놓고 잠시라도 쉴 것이며 물이라도 실컷 마실 것 등을 생각하였던 것이다. 그러면서도 '강 저편에 무엇들이 숨어 있지나 않을까?' 하는 불안이 강물 소리를 따라 높아진다. 봉염이 어머니는 시원한 강물 소리조차도 아픔으로 변하여 그의 고막을 바늘 끝으로 꼭꼭 찌르는 듯, 이 모양대로 조금만 더 가면 기진하여 죽을 것 같았다. 마침 앞에 사내가 우뚝 서므로 그도 따라 섰다. 바람이 무섭게 지나친 후에 어디선가 벌레 울음소리가 물결을 따라 들렸다. 낑 하고 앞에 사내가 앉는 모양이다. 그도 털썩하고 소금 자루를 내려놓으며 쓰러졌다. 그리고 얼른 머리를 두 손으로 움켜쥐며 바늘로 버티어 있는 듯한 눈을 억지로 감았다. 그러면서도 앞에 사내들이 참말로 다들 앉았는가 나만이 이렇게 쓰러졌는가 하여 주의를 게을리하지 않았다.

아픈 것이 진정되니 온몸이 후들후들 떨린다. 그는 몸을 웅크릴 때 앞에 사내가 그를 꾹 찌른다. 그는 후다닥 일어났다. 사내들의 옷 벗는 소리에 그는 한층 더 정신이 바짝 들었다. 그는 잠깐 주저하다가 옷을 훌훌 벗어 돌돌 뭉쳐서 목에 달아매었다. 그때 그는 놀릴 수 없이 아픈 목을 어루만지며

'용정까지 이 목이 이 자리에 붙어 있을까?' 하는 의문이 들었다. 그리고 사내가 이어 주는 소금 자루를 이고 다시 걷기 시작하였다.

벌써 철버덕철버덕하는 물소리가 나는 것으로 보아 앞에 사람은 강물에 들어선 모양이다. 벌써 그의 발끝이 모래사장을 거쳐 물속에 들어간다. 그는 오스스 추우며 알 수 없는 겁이 버쩍 들어서 물결을 굽어보았다. 시커멓게 보이는 그 속으로 물결 소리만이 요란하였다. 그리고 뭉클뭉클 내려 밀치는 물결이 그의 몸을 울려 주었다. 그때마다 머리끝이 쭈뼛해지며 오한을 느꼈다. 그리고 흑 하고 숨을 들이마셨다.

물이 깊어 갈수록 발밑에 깔린 돌이 굵어지며 걷기도 몹시 힘들었다. 그것은 돌이 께느른한[21] 해감탕[22] 속에 묻히어 있기 때문이다. 그래서 걸핏하면 미끈하고 발끝이 줄달음을 치는 바람에 정신이 아득해지곤 하였다. 봉염이 어머니는 몇 번이나 발이 미끄러지고 또 곱디디었다.[23] 물은 젖가슴을 확실히 지나쳤다. 그때 그의 발끝은 어떤 바위를 디디다가 미끈하여 달음질쳐 내려간다. 그 순간 온몸이 화끈해지도록 그는 소금 자루를 버티고 서서 넘어지려는 몸을 바로잡으려 하였다. 그러나 벌어지는 다리와 다리를 모을 수가 없었다. 그리고 소리를 쳐서 앞에 사내들에게 구원을 청하려 하나 웬일인지 숨이 막히고 답답해지며 암만 소리를 질러도 나오지도 않거니와 약간 나오는 목소리도 물결과 바람결에 묻혀 버리곤

---

21 몸을 움직이고 싶지 않을 만큼 느른하다.

22 진흙탕.

23 발을 접질리게 디디다.

하였다. 그는 죽을힘을 다하여 왼발에 힘을 들이고 섰다. 그때
그는 죽는 것도 무서운 것도 아뜩하고 다만 소금 자루가 물에
젖으면 녹아 버린다는 생각만이 미끄러져 내려가는 발끝으로
부터 머리털 끝까지 뻗치었다.

앞서가는 사내들은 거의 강가까지 와서야 봉염이 어머니
가 따르지 않는 것을 눈치채고 근방을 찾아보다가 하는 수 없
이 길잡이가 오던 길로 와 보았다. 길잡이는 용이하게 그를 만
났다. 그리고 자기가 조금만 더 지체하였더라면 봉염이 어머
니는 죽었으리라 직각되었다. 그는 봉염이 어머니의 손을 잡
아 일으키며 일변 소금 자루를 내리어 자기의 어깨에 메었다.
그리고 그의 발끝에 밟히는 바위를 직각하자 봉염이 어머니
가 이렇게 된 원인이 여기 있는 것을 곧 알았다. 그리고 자기
는 이 바위 옆을 훨씬 지나쳐 길을 인도하였는데 어쩐 일인가
하며 봉염이 어머니의 손을 꼭 쥐고 걸었다.

봉염이 어머니는 정신이 흐릿해졌다가 이렇게 걷는 사이
에 정신이 조금 들었다. 그러나 몸을 건사하기 어렵게 어지러
우며 입안에서 군물이 실실 돌아 헛구역질이 자꾸 나온다. 그
러면서도 머리에는 아직도 소금 자루가 있거니 하고 마음대
로 머리를 움직이지 못하였다. 그들이 강가까지 왔을 때 맘을
졸이고 있던 나머지 사람들은 욱 쓸어 일어났다. 그리고 저마
다 두 사람을 어루만지며 어떤 사람은 눈물까지 흘리었다. 자
기들의 신세도 신세려니와 이 부인의 신세가 한층 더 불쌍한
맘이 들었다. 동시에 잠 한잠 못 자고 오롯이 굶어 오며 자기
들을 기다리고 있을 아내와 어린것들이며 부모까지 생각하고
는 뜨거운 한숨을 푸푸 쉬었다.

그 순간이 지나가니 또다시 맘이 졸이고 무서워서 잠시나

마 가만히 앉아 있을 수가 없었다. 그래서 그들은 이번에는 봉
염이 어머니를 가운데 세우고 여전히 걸었다. 이번에는 밭고
랑으로 가는 셈인지 봉염이 어머니는 발끝에 조 벤 자국과 수
수 벤 자국에 찔리어서 견딜 수 없이 아팠다. 그는 몇 번이나
고무신을 벗어 버리려 했으나 그나마 버리지는 못하였다. 그
는 언제나 이렇게 맘을 내고도 단 한 번 그의 속이 흡족하게
실행하지는 못하였다. 그저 망설였다. 나중에는 고무신이 찢
어져 조 뿌리나 수수 뿌리에 턱턱 걸려 한참씩이나 진땀을 뽑
으면서도 여전히 버리지는 못하였다.

그들이 어떤 산마루턱에 올라왔을 때,

"누구냐? 손들고 꼼짝 말고 서라. 그렇지 않으면 쏠 터이
다!"

이러한 고함 소리와 함께 눈이 부시게 파란 불빛이 쏴 하
고 그들의 얼굴에 비친다. 그들은 이 불빛이 마치 어떤 예리한
칼날 같고 또 그들을 향하여 날아오는 총알 같아서 무의식간
에 두 손을 번쩍 들었다. 그리고 '이젠 소금을 빼앗겼구나!' 하
고 그들은 저마다 속으로 생각하였다. 이렇게 단정은 하면서
도 웬일인지 저들이 공산당이 아닌가 혹은 마적단인가 하며
진심으로 그리되었으면 하고 바랐다. 공산당이나 마적단들에
게는 잘 빌면 소금 짐 같은 것은 빼앗지 않기 때문이었다.

길잡이로부터 시작하여 깡그리 몸 뒤짐을 하고 난 저편은
거풋하게 불을 끄고 한참이나 중얼중얼하였다. 그들이 불을
끄니 전신에 소름이 오싹 끼치며, 저놈들이 칼을 빼어 들었는
가 혹은 총부리를 겨누었는가 하여 견딜 수 없이 안타까웠다.
그때 어둠 속에서는,

"여러분! 당신네들이 왜 이 밤중에 단잠을 못 자고 이 소

금 짐을 지게 되었는지 아십니까!"

쇳소리 같은 웅장한 음성이 바람결을 타고 높았다 떨어진다. 그들은 '옳다! 공산당이구나! 소금은 빼앗기지 않겠구나. 저들에게 뭐라구 사정하면 될까?' 하고 두루 생각하였다. 저편의 음성은 여전히 흘러나왔다. 그들은 말하는 시간이 지날수록 어서 말을 그치고 놓아 보냈으면 하였다. 그리고 이 산아래나 혹은 이 산 저편에 경비대가 숨어 있어 우리들이 공산당의 연설을 듣고 있는 것을 들으면 어쩌나 하는 불안이 자꾸 일어난다. 봉염이 어머니는 저편의 연설을 듣는 사이에 쌴더거우 있을 때 봉염이를 따라 학교에 가서 선생의 연설 듣던 것이 얼핏 생각나며 흡사히도 그 선생의 음성 같았다. 그는 머리를 번쩍 들며 저편을 주의해 보았다. 다만 칠흑 같은 어둠만이 가로막힌 그 속으로 음성만 들릴 뿐이다. 그는 얼른 '우리 봉식이도 저 가운데나 섞이지 않았는가.' 하였으나 그는 곧 부인하였다. 그리고 봉식이가 보통 아이와 달라 똑똑한 아이니 절대로 그런 축에는 섞이지 않았을 것이라고 단정되었다. 이렇게 생각하고 나니 봉식이에 대한 불안은 적어지나 저들의 말하는 것이 어쩐지 이 소금 자루를 빼앗으려는 수단 같기도 하고, 저 말을 그치고 나면 우리를 죽이려는가 하는 의문이 자꾸들었다.

어둠 속에서 연설이 끝난 후에 원로에[24] 잘 다녀가라는 인사까지 받았다. 그들은 얼결에 또다시 걸었다. 그러면서도 '저들이 우리를 돌려보내는 것처럼 하고 뒤로 따라오며 총질이나 하지 않으려나.' 하여 발길이 허둥거렸다. 그러나 그들이 산을

24 먼 길에.

넘어 밭머리로 들어설 때 비로소 안심하고 공산당들 □ □ □ □ □ □ □ □ □ □ □ [25] 들이지 하고 한숨 끝에 탄식하였다.

봉염의 어머니는 조급한 맘을 진정할수록 저들이 의심할 수 없는 공산당들이었구나! 하였다. 그리고 아까 그들의 앞에서 깜짝하지 못하고 섰던 자신을 비웃으며 세상에 제일 못난 것은 자기라 하였다. 남편을 죽이고 자기를 이와 같은 구렁에 빠뜨린 저들 원수를 마주 서고도 말 한마디 못 한 채 떨고 섰던 자신! 보다도 평시에 저주하고 미워하던 그 맘조차도 그들 앞에서는 감히 생각조차 못 한 자기. 아아! 이러한 자기는 지금 살겠노라고 소금 자루를 지고 두 다리를 움직인다. 그는 기가 막혀서 웃음이 나올 지경이었다. 그리고 못난 바보일수록 살겠다는 욕망은 더 크다고 깨달았다. 동시에 한 가지 의문 되는 것은 저들이 어째서 우리들의 소금 짐을 빼앗지 않고 그냥 보내었을까가 의문이었다. '그렇게 사람 죽이기를 파리 죽이듯 하고 돈과 쌀을 잘 빼앗는 그놈들이…….' 하며 그는 이제야 저주하기 시작하였다.

그들은 낮에는 산속에서 혹은 풀숲에서 숨어 지내고 밤에만 걸어서 사흘 만에야 겨우 용정까지 왔다. 집까지 온 봉염의 어머니는 소금 자루를 얻다가 감추어야 좋을지 몰라 한참이나 망설이다가 낡은 상자 안에 넣어서 방 한구석에 놓고야 되는 대로 주저앉았다. 방 안에는 찬바람이 실실 돌고 방바닥은 얼음덩이같이 차다. 그는 머리와 발가락을 어루만지며 목이 메어서 울었다. 집에 오니 또다시 봉염이며 봉희며 명수까지 선하게 보이는 듯하였던 것이다. 그들이 곁에 있으면 이렇게

25 원문 탈락.

쓰리고 아픈 것도 한결 나을 것 같다. 그는 한참이나 울고 난 뒤에 사흘 동안이나 지난 생각을 하며 무의식간에 몸서리를 쳤다. 그리고 이 눈물도 여유가 있어야 나온다는 것을 알았다. 그는 "으흠" 하고 신음을 하며 누울 때 소금 처치할 것이 문득 생각난다. 남들은 벌써 다 팔았을 터인데 누가 소금 사러 오지 않는가 하여 문 편을 흘금 바라보다가 '내가 소금 짐을 져 왔는지 여 왔는지 누가 알아야지, 그만 내가 일어나서 앞집이며 뒷집을 깨워서 물어볼까? 그러다가 참말 순사를 만나면 어떻게?' 하며 그는 부스스 일어나려 하였다. 아! 소리를 지르도록 다릿마디가 맞질리어 그는 한참이나 진정해 가지고야 상자 곁으로 왔다.

그는 잠깐 귀를 기울여 밖을 주의한 후에 가만히 손을 넣어 소금 자루를 쓸어 만졌다. '이것을 팔면 얼만가…… 팔 원 하고 팔십 전! 그러면 밀린 집세나 마저 물고…… 한 달 살까? 이것을 밑천으로 무슨 장사라도 해야지. 무슨 장사……?' 하며 그는 무심히 만져지는 소금덩이를 입에 넣으니 어느덧 입 안에는 군물이 스르르 돌며 밥이라도 한술 먹었으면 싶게 입맛이 버쩍 당긴다. 그는 입맛을 다시며 침을 두어 번 삼킬 때 '소금이란 맛을 나게 한다. 아무리 좋은 음식인들 소금이 들지 않으면 맛이 없다. 그렇다!' 하였다. 그때 그는 문득 남편과 아들딸이 생각나며 그들이 있으면 이 소금으로 장을 담가서 반찬 해 먹으면 얼마나 맛이 있을까! 그러나 그들을 잃은 오늘에 와서 장을 담을 생각인들 할 수가 있으랴! 그저 죽지 못해 먹는 것이다. 그는 한숨을 푹 쉬었다. 생각하니 자신은 소금 들지 않은 음식과 같이 심심한 생활을 한다. 아니 괴로운 생활을 한다. 이렇게 괴로운…… 하며 그는 머리를 슬슬 어루만졌다. 머리는 얼마나 이그러지고 부어올랐는지 만질 수도 없이 아프고 쓰리었다. 그는 얼굴을 상자에 대며, "봉식아, 살았느냐 죽었느냐 이 어미를 찾으렴……. 난 더 살 수 없다!"

어느 때인가 되어 무엇에 놀라 그는 벌떡 일어났다. 벌써 날은 환하게 밝았는데 어떤 양복쟁이 두 명이 소금 자루를 내놓고 그를 노려보고 있다. 그는 그들이 순사라는 것을 번개같이 깨닫자 풀풀 떨었다.

"소금표 내놔!"

관염(官鹽)은 꼭 표를 써 주는 것이다. 그때 그는 숨이 콱 막히며 앞이 캄캄해 왔다. 그리고 얼른 두만강에서 소금 자루를 빠뜨리지 않으려고 죽을힘을 다하였던 그때와 흡사하게도 그의 신경이 날카로워지는 것을 느꼈다. 그때는 길잡이가 와서 그의 손을 잡아 살아났지만 아아! 지금에 단포와 칼을 찬 저들을 누가 감히 물리치고 자기를 구원할까?

"이년! 너 사염(私鹽)을 팔러 다니는 년이구나. 당장 일어나라!"

순사는 그의 눈치를 채고 이것이 관염이 아닌 것을 곧 알았다. 그래서 그는 이렇게 소리치며 그의 손을 잡아 낚아챘다. 별안간 그의 몸은 화끈 달며 어젯밤 산마루에서 무심히, 아니 얄밉게 들렸던 그들의 말이 떠오른다. "당신네들은 우리의 동무입니다. 언제나 우리와 당신네들이 합심하는 데서만이 우리들의 적인 돈 많은 놈들을 대적할 수 있습니다." 캄캄한 어둠 속에서 이어지던 이 말! 그는 가슴이 으적하였다. 소금 자루를 뺏지 않던 그들이었다. 그들이 지금 곁에 있으면 자기를 도와 싸울 것 같다. 아니 꼭 싸워 줄 것이고 □□□□ 내 소금을 빼앗은 것은 돈 많은 놈이었구나! 그는 부지중에 이렇게

고함쳤다. 이때까지 참고 눌렀던 불평이 불길같이 솟아올랐다. 그는 벌떡 일어났다.[26]

《신가정》, 1934. 5.~10.

---

26 「소금」의 마지막 단락은 발표 당시 검열로 지워져 거의 알아볼 수 없었다. 그래서 현재 출간된 대부분의 강경애 전집과 선집(이상경 편, 『강경애 전집』, 소명출판, 1999. 김남천·강경애 외, 『20세기 한국소설 07』, 창비, 2005.)은 이 지워진 부분을 복원하지 못한 채 그대로 싣고 있다. 그러나 한만수가 검열 때문에 붓질이 된 이 마지막 단락을 국립과학수사연구소 문서감식실팀과 협동 작업을 해서 85퍼센트 정도 복원해 냈다. 이 책은 이 '붓질 복자' 복원 작업의 결과를 받아들여 이와 같이 완성했다. 한만수, 「강경애 「소금」의 '붓질 복자' 복원과 북한 '복원본'의 비교」, 『강경애, 시대와 문학』, 랜덤하우스코리아, 2006.

마약(痲藥)

"나는 등록하였수!"

보득 아버지는 벌떡 일어나며 외쳤다.

"무슨 딴 수작이야, 계집을 죽인 놈이. 가자, 너 같은 놈은 법이 용서를 못 해."

순사는 달려들어 보득 아버지의 멱살을 쥐어 내몰았다.

"네? 계집을, 계집을……."

보득 아버지는 정신이 번쩍 들어 순사를 쳐다보았으나 나는 듯이 달려드는 맨손에 머리를 푹 숙여 버렸다. 불을 움켜쥔 그는 기막히게 순사의 입술을 바라볼 때, 불이 붙는 듯 우는 보득이가 눈에 콱 부딪친다.

"엄마, 엄마."

어디선가 아내가 꼭 뛰어들 듯한 저 음성, 널찍한 미간 좌우에 근심에 젖은 꺼무스름한 아내의 눈이 툭 튀어 오른다. 여보, 보득일 울지 않게 허우. 가슴에서 울컥 내달리는 말, 돌아보니 아내는 없고 풀어진 고름끈을 밟고 쓰러질 듯이 서서 우는 저 어린것뿐이다. 발딱거리는 저 가슴, 아내의 손때에 까맣게 누웠던 저 머리털, 밤새 포르르 일어섰다.

"이놈아, 가."

구둣발에 채여 보득 아버지는 뜰 아래로 굴러떨어졌다.

어둠이 호수 속처럼 퐁그릉 차 있는 여기, 촉촉이 부딪치는 풀잎, 이슬. 쳐다보니 수림이 꽉 엉키었고 소복이 드리우는 별빛. 갑자기 뒤따르는 남편의 신발 소리가 이상해 돌아보는 찰나, 무서워 으쓸해진다.[27] '대체 이 산골로 뭘 하러 들어올까, 왜 그리 보득일 재워 눕히라 성화였나, 이리 멀리 올 줄을 짐작했다면 꼭 업고 올 것을. 또 한 번 물어봐.' 목이 화끈 달아오른다. 급한 때면 언제나처럼 열리지 않는 입술, 두 번 묻기가 어렵게 성내는 남편의 성질, 오물거리는 혀끝을 지긋이 눌렀다. 발끝이 거칫하고 잠깐 다녀올 데가 있다던 남편의 말이 거짓말인 양 눈물이 핑 돈다.

조르르 소르르 어깨 위를 스쳐 가는 것이 솔잎인 듯, 송진 내 솔그러미[28] 피어 흐르고 깜박깜박 나타나는 별빛이 보득의 그 눈 같아 문득 서게 된다. 남편의 호통에 안 일어나고는 못 배길 것이니 이렇게 따라 나섰고 또한 멀리 올 것을 모르고 보득일 재워 눕히고 온 것을 생각하니 남편의 말이라면 너무나 믿고 어려워하는 자신이 새삼스럽게 미워진다. 꼭 보득의 숨소리 같은 벌레 소리가 치맛길에 가득히 스친다.

'날 죽이고 그가 죽으려고 이리 오나.' 거미줄 같은 별빛에서 뛰어오는 생각, 이 년 전 뒤뜰 살구나무에 목매어 늘어졌

---

27 두렵거나 춥거나 하여 몸이 잇따라 움츠러들다.
28 슬며시.

던 남편의 꼴이 검실검실[29] 나타난다. 소름이 오싹 끼쳐진다. '그래도 죽으려는 것을 못 죽게 하니까 이번엔 나부터 죽이고 죽으렴인가, 보득일 어쩔꼬.' 팔싹 주저앉고 싶은 것을 간신히 걷는다. 허리를 도는 바람결에 놓지 않으려던 보득의 혀끝이 젖꼭지에 오물오물 기어간다. 그는 돌아섰다. 솔잎이 뺨을 찰싹 후려친다.

"보, 보득이가 깨었겠는데 이젠 돌아가요."

아무 말 없이 그의 등을 미는 남편, 한층 더 무섭고 고함을 쳐 누구를 부르고 싶은 맘, 타박타박 비탈길을 올라간다. 이 고개를 넘으면, 무릎이 툭 꺾이려 하고 남편이 그를 끌고 저 산속으로 들어갈 듯, 부들부들 떨면서 산마루에 올라서니 확 울고 싶게 마음의 등불이 날아온다.

"여긴 험하네. 내 앞서리."

돌연히 남편은 이런 말을 하고 그의 앞을 서서 걸었다. 악하고 소리치고 싶은 무서움이 머리끝을 스치고 지난 뒤 오히려 저 등불에서 무서움이 덜리기 시작한다. '저기 누구를 찾아가는 게지, 그래서 쌀말이나 얻어 오려고 날 데리고 오는 게지.' 하자, 아편을 하기 시작하면서부터 공연히 남편을 의심하고 무서워하는 버릇이 생겼음을 새삼스럽게 느끼면서, 실직 후에 고민을 이기다 못해 자살하려던 남편, 재일이와 밀려다니다가 아편을 입에 대고 고함쳐 울던 그 모양, 엊그제 동네 여편네들이 비웃던 말이 격지격지[30] 일어나는 것이다. 어떤 상점에서 무엇인가 도적하다가 들키어 몹시 매를 맞더라는

29 사람이나 물건, 빛 따위가 먼 곳에서 자꾸 어렴풋이 움직이는 모양.
30 여러 겹으로.

남편, '미친년들 아무려면 그가 그런 짓을 했을까.' 그러나 남편의 얼굴에 멍이 진 자욱을 생각하니 목이 콱 메인다.

비탈길을 내리니 보득일 업고 뛰고 싶게 길이 평탄하다. 수수 하는 바람 소리에 머리를 돌리니 앵 하는 내 애기의 울음소리가 밀려 나가는 저 바람에 따르는 듯, '보득이가 울 텐데 어쩔까.' 그는 이렇게 중얼거리지 않고는 견디지 못하였다.

시가(市街)에 온 그들은 어떤 포목 상점 앞에 섰다. 간혹 지나가고 오는 사람은 있으나마, 거리는 조용하였다.

남편이 상점 안으로 들어가니 주인인 듯한 중국인이 반색을 하여 맞아 준다.

"이제 왔어, 우리 기다렸어."

이렇게 말하고 웃으면서 밖을 살피는 툭 불거진 눈, 얼른 발발이 눈을 연상시키고 이마에 흉터가 별나게 번질거린다. 빛 잃은 맥고모를 푹 눌러쓴 채 금방 쓰러질 듯이 서 있는 남편, 혈색이 좋은 중국인에게 비하여 너무나 창백한지, 어느 때는 되놈 같은 것은 사람으로 인정치 않았건만…… 푸르고 붉은 주단 빛이 안개가 되어 상점방을 푹 덮어 주는 것이다. 남편이 머리를 돌려 끄덕끄덕할 제, 그는 아편 인[31]이 몰려와 저러는가 하여 화닥닥 놀라는 순간, 다음에 어서 들어오라는 뜻임을 어렴풋이 깨달았지만 허둥지둥 들어가면서 얼굴이 와짝 달아오른다. 뚫어져라 하고 그를 살핀 중국인은 앞을 서서 비죽비죽 걸었다. 그도 남편의 뒤를 따라섰다. 사뿐히 스치는 주단 냄새에 보득의 저고릿감이라도 얻으면 싶고 남편의 후줄근한 아랫도리를 살피면서 타분한[32] 냄새를 피우는 뜰로 내

---

31 금단 증상.

려섰다. 먼 길을 걸었음일까 아편 인이 몰려옴일까 남편은 비칠비칠하였다. 불행히 이 거동을 중국인이 눈치챌까 그의 가슴은 달막거리고 몇 번이나 손을 내밀어 붙들까 하였다. 빨간 문 앞에서 남편과 중국인은 무어라고 수군거리더니,

"이 방에 들어가 있소. 나 잠깐 볼일 보고 올 테니."

문을 열고 그의 등을 밀어 넣다시피 한다. '필경 아편 인이 몰려온 것이다.' 직각한 그는 암말도 못하고 방으로 들어왔으나 어둠 속에서 사라지는 남편의 신발 소리를 놓치지 않으려 문을 홱 열어 잡았다. 상점 문이 드르륵 닫겨 버린다. '곧 오라고 할걸.' 하며 문에 몸을 기대섰으려니 홀연 그의 집 방문턱에 기어오르는 보득의 얼굴이 불쑥 나타나고 어느 날 보득이가 문턱을 넘어 굴러떨어지던 것이 가슴에 철썩 부딪친다. '어쩔까, 어쩔까.' 그는 빙빙 돌았다.

한참 후에 이리 오는 신발 소리가 있으므로 달려 나왔다.

"보득이가 깨었어요."

목이 메어 중얼거리고 보니 뜻밖에 중국인만이 아니냐. 겁결[33]에 발을 세우고,

"여보!"

진 서방 뒤를 살피니 있으려니 한 남편은 없고 어둠이 충충할 뿐이다. 머리끝이 쭈뼛해진다. 단박에 진 서방은 그의 손을 덥석 쥐고,

"변 서방 말야. 그 사람 집에 갔어."

날쌔게 손을 뿌리치고 난 그는 이 말에 확 울음이 솟구치

---

32 음식의 맛이나 냄새가 신선하지 못하다.

33 갑자기 겁이 나서 어쩔 줄 몰라 당황한 판. 또는 그런 기색.

려는 것을 겨우 참으면서 나는 듯이 몸을 빼치려[34] 하였다. 치
마폭이 후둑 따진다.

"보득 아버지!"

막아서는 진 서방의 가슴을 냅다 받았다. 진 서방은 씨근
거리면서 달려들어 그를 안아 가지고 방으로 들어와서 이어
문을 절거럭 걸어 버린다.

"여보, 이놈 봐요. 여보!"

마치 단 가마 속에 든 것 같고 어쩐 일인가 아뜩 생각되지
않는다. 그저 이 방을 뛰쳐나가려는 것으로 미칠 것 같았다.
몇 번 소리는 치지 않았건만 목이 탁 갈라지고 목에서 겻불내
[35]가 훅훅 뿜긴다. 진 서방은 차차 그 눈에 독을 피우고 함부
로 그를 쥐어 막아 쓸어안고 넘어지려고 한다.

"사람 살려요, 살려요."

그는 벽을 쿵쿵 받으며 고함쳤으나 음성은 찢기어 잘 나
가지지 않는다. 이 방 안은 도무지 울리지 않고 입술에까지 화
기만 번쩍 올라타고 있다. 진 서방은 그의 입술을 막아 소리
를 치지 못하게 한다. 땀이 쪼르르 흐르는 손에서 누린내가 숨
을 통하지 못하게 쓸어 오므로 깍 물어 흔들었다. 벼락같이 쥐
어박는 주먹이 우지끈 소리를 내고 피가 쭈르르 흘러 목을 적
신다. 진 서방은 눈이 등잔통 같아져서 무어라고 중국말로 투
덜거리더니 시커먼 걸레로 입을 깍 막아 버린다. 온 입안은 가
시를 문 듯, 그 끝이 코에까지 꿰어 올라온 듯, 흑! 흑! 턱을 채
었다. 진 서방은 허리띠를 끌러 미친 듯이 돌아가는 손과 발을

34 억지로 빠져나오게 하다.
35 겨가 탈 때 나는 매캐한 냄새.

70

동인 뒤 이마 땀을 씻으며 빙그레 웃었다. 핏줄이 섞인 저 개눈깔 같은 눈엔 야수성이 득실거리고 씩씩거리는 숨결에 개비린내가 훅훅 뿜긴다. 퍼런 바지는 미끄러져 뱃살이 징글스레 드러났고 누런 침을 똑똑 흘리고 있다. 그는 이 꼴을 보지 않으려 눈을 감으니 들썩 높은 남편의 콧등이 까프름 지나가고 비칠거리는 그 걸음발이 방금 보이면서 이제야 어디서 아편을 하고 이리로 달려오는 모양이 가물가물하였다.

"여보! 여보!"

문을 바라보고 힘껏 소리쳤으나 그 음성은 신음 소리로 변하여질 뿐이었다.

이튿날도 진 서방은 깜짝 아니하고 그의 곁에 앉아 활활다는 그의 머리에 수건을 대어 주었다. 이미 몸을 더럽힌지라 진정하고자 하나 그만큼 열이 오르고 부러진 이가 쑤시는 것이다. 곁에 보득이만 있다면 되는 대로 지내리라는 생각도 때로는 든다. 새벽부터 남편이 자기를 이 되놈에게 팔았는가 하고 의문이 들었던 것이다. 하나 그것은 잠깐이고 어젯밤에 남편이 정녕 집에 갔는지, 여기 어디서 죽지나 않았는지, 만일 갔더라도 보득일 데리고 얼마나 애를 태울까 하는 걱정이 다투어 일어난다. 주르르 수건 짜는 소리에 놀라 그는 머리를 들었다. 진 서방이 누런 이를 내놓고 웃는다. '보득이 오줌 소리 같았건만!' 흑, 하고 배 속에서 치달아 오는 울음 때문에 눈을 꼭 감아 버렸다.

"생각 잘 해. 우리 금가락지, 비단옷 해 줬어, 히."

진 서방이 웃는다. 그는 수건을 제치고 돌아누우니 성났던 젖에서 대살과 같이 뻗치는 젖, 젖을 꼭 쥐는 손가락은 바르르 떨리었다. 이어 보득의 촐촐 마른 젖내 몰큰 나는 입김이

71

볼에 후끈 타오르고, 엄마를 부르고 온 방 안 헤매다가 갈자리 가시에 그 조그만 발과 무릎이 상하여 피가 뚝뚝 흐르는 것이 눈에 또렷하였다.

"보득 아버지 어제 집에 갔어?"

그는 불쑥 물었다. 진 서방은 반가워서,

"갔어. 돈을 가지고 갔어."

돈이라는 말에 그는 울음이 왕 터져 나왔다.

이렇듯 하루해를 넘기고 밤을 맞는 보득 어머니는 이 밤에 모든 희망을 붙이고 축 늘어져 있었다. 될 수 있으면 진 서방으로 하여 안심하게 하도록 눈치를 돌리곤 하였다. 여간 좋은 기색을 그 눈에 지질히 띠운 진 서방은 엉덩이를 들썩들썩 추키면서 상점방에도 나갔다 오고, 먹을 것을 사들이고, 약을 사다 이에 바르라는 등 부산하였다. 그러나 밖에 나가서 단 십 분을 있지 않고 들어와서는 힐끗힐끗 그의 눈치를 보았다. 그 눈에 흰자위가 몸서리나도록 싫었다. 왜 이리 불은 때었을까, 방 안은 절절 끓었다. 누런 손으로 과일을 벗기는 저 진 서방, 이마에 콩기름 같은 땀이 흘러 양 볼에 번지르르하다. 제 딴은 온갖 성의를 다 보이느라고 한다. 하도 여러 번째에 못 이기는 체 그 속을 눙쳐 주려는 꾀에서 한 쪽 받아 입에 무니 이가 딱 맞질리고, '내 애기는 지금 뭘 먹노!' 잇새에 남은 과일 쪽은 보득의 살인 듯 그는 투 뱉어 버렸다. 피가 쭈르르 흘러내린다.

자정이 훨씬 지나 그는 머리를 넘석하였다.[36] 다행히 진 서방이 잠이 든 까닭이다. 그는 숨을 죽이고 몸을 조금씩 일으

36 한번 넘어다보다.

키면서 연방 진 서방을 주의한다. 혹 잠이 안 들고서 저러나 하는 불안이 방 안을 가득 싸고 돌고, 시계 소리, 어디서 우는 벌레 소리, 희끄무레하게 보이는 문, 뭉클 스치는 과일내까지도 사람의 숨결일까 놀라게 된다. 바스스 이불에서 몸을 빼칠 제 후끈 일어나는 땀내에 보득의 기저귀 한끝이 너풀 코끝에 스치는 듯, 이제 가서 보득일 꼭 껴안을 것이 가슴에 번듯거린다. 그는 용기를 얻어 곁의 옷을 집어 들고 사뿐사뿐 뒷문으로 왔다. 가만히 문을 열고 나오니 다리, 팔이 소리를 낼 듯이 떨리고 가슴이 씽씽 뛰어 어쩔 수가 없다. "이년 어디 가니?" 소리치는 듯 귀는 헛소리로 가득 차 버린다. 허둥허둥 변소로 와서 우선 동정을 살핀다. 앞으로 나가려니 상점방이 있고 부득이 울타리를 넘어 나가는 수밖에. 울타리 위에는 쇠줄이 얽혀 있는 것을 낮부터 유심히 바라본 것이다. 더구나 이 변소에서 넘는 것이 가장 헐하리라 한 것이다. 귀를 세워 안방을 주의하고 상점방을 조심한다. '이렇게 망설이다가 진 서방이 깨게 되면 어쩔까.' 발딱 일어나 옷을 울 밖으로 던진 후에 껑충, 울타리에 매달렸다. 무엇이 발을 꽉 붙잡는 듯 몸은 푸들푸들 떨리고 마음은 어서 나가려는 조바심으로 미칠 것 같다. 쭈르르 미끄러지고 얼굴이 쇠줄에 선뜻 찔린다. 그러나 이를 악물고 철사를 힘껏 붙든 채 버둥거린다. 이 줄을 놓으면, 내 애기, 내 남편은 못 만나 볼 듯, 어쩐지 그렇게 생각되었기 때문이다. 쇠줄 소리가 요란스레 난다. 이번에야말로 진 서방이 내달아 오는 듯 발광을 하여 몸을 솟구친다. 아뜩하여 가만히 살피니 그의 몸이 거꾸로 울 밖에 달려 매인 것을 직각한 그는 쇠줄에 속옷 갈래와 발이 끼어서 있음을 알았다. 그는 마구 속옷 갈래를 쥐어 당기고 발을 뽑을 때 철썩하고 땅에 떨어졌다. 이어

딱 하고 무엇이 후려치므로 진 서방이구나 하고 힘껏 저항하
려다 만지니 돌에 머리가 마주친 것을 알았다. 단숨에 뛰어 일
어난 그는 미친 듯이 뛰었다. 으드드 떨리게스리 터져 나오려
는 이 환희! 어둠 속을 뚫고 폭풍우같이 몰아치는 듯, 나는 듯
이 시가를 벗어난 그는 산비탈을 끼고 올라간다. 주르르 흘러
오는 산바람이 그의 몸에 휘어 감기자 내 애기의 음성이 가까
이 들리는 듯, 까뭇 그의 집이 나타나고, 우는 보득이 눈에 고
드름같이 매달린 눈물, 귀엽고도 불쌍한 눈물…… 그의 눈에
함빡 스며 옮아오는 듯 거칫[37] 쓰러진다. 발끝에서 확 일어나
는 불길이 쓰러지려는 그의 몸을 바로잡아 준다. 그는 뛴다.
보득의 옆에 쓰러진 남편, 아편에 취하여 있을 그, 이제 가면
붙들고 실컷 울고 싶다. 원망도 아무것도 사라지고 오직 반갑
고 슬픔만이 이락이락 일어나는 것이다. 응당 남편도 그를 붙
들고 사죄할 것 같다. 꼭 아편도 뗄 것 같다. 조수같이 밀려 나
오는 감격에 아뜩 쓰러진다. '여보.' 소리를 지르고 일어나 달
린다. 흑흑 차 오는 숨 좀 돌리려고 하면 맥없이 쓰러지게 되
고 다시 뛰면 숨이 꼴깍 넘어가는 듯 기절할 지경이다. 이마에
선 땀인가 무엇인가 쉴 새 없이 흘러 눈을 괴롭히고 목덜미로
새어 흐른다. 비가 오는가 했으나 그것을 살필 여유가 없고 진
가가 따르는가 돌아보게 된다. 씽씽! 철삿줄 소리가 머리 위
를 달리는 것이다. 그는 후다닥 몸을 솟구치다가 맹하고 쓰러
진다. 아직도 그가 철삿줄을 붙들고 섰는가 싶었던 것이다. 다
시 정신을 돌리고 나면 '이번에야 떼지, 그래. 우리 보득일 잘
키워야 하지.' 울면서 일어나 닫는다. 마지막 사라지려는 마을

---

37 살갗 따위에 자꾸 닿아 걸리는 모양.

의 등불은 불에 단 철사인가 싶게 길게 비친다. 뒤따르는 놈이 있다면 어렵지 않게 죽일 맘이 저 불에서 번쩍한다.

별빛만이 실실이 드리운 수림 속을 걷는 보득 어머니, 남편과 보득일 만날 희망으로 미칠 것 같다. 거칫하면 쓰러지고 쓰러지면 일어나 뛴다. 입에 먼지가 쓸어 들고 불을 붙인 것처럼 얼굴은 따갑다. 몸에서 피비린내가 진동하고 또 젖비린내가 뜨끈뜨끈히 떨어쳐 머리털 끝에까지 넘쳐흐른다. 쏴르르 수림을 흔드는 바람, 그 바람이 머리끝에 춤출 때,

"이번엔 떼야 해요, 떼야 해요."

부지중 그는 이리 중얼거리고 픽 쓰러진다. 발광을 하며 일어나려고 하나 깜짝할 수가 없다. 문득 이마를 만지니 상처가 깊이고 그리로 피가 흐르는 것을 직각한 그는 속옷 갈래를 찢으려다 기진하여 머리를 땅에 박고 만다. 이번엔 적삼을 어루만지려니 발가벗은 몸이고 아까 울 밖으로 옷을 던진 채 깜박 잊고 온 것을 짐작한다. 다시 속옷 갈래를 찢으며 애를 쓴다. 헛기운만 헙헙 나올 뿐 손은 맥을 잃고 만다. 떼야! 떼야! 정신이 까무루루해서 이렇게 부르짖다가 펄쩍 정신이 들 때에 일어나려 했으나, 몸이 천근인 듯 무겁다. 팔을 세우면 다리가 말을 안 듣고, 머리를 들면 헛구역질만 나온다. '내가 죽어 가는 셈일까, 우리 보득일 어쩌고.' 벌떡 일어났으나 그만 쓰러지고 만다.

"아가, 아가!"

먼지를 한입 문 입을 벌려 이렇게 부른다. 응 하는 대답이 있을 듯하건만 그는 땅에 귀를 부비치고 내 애기의 음성을 들으려 숨을 죽인다. 이번엔 목을 비끄러매는 듯이 혀를 힘껏 빼물고 "아가." 불렀으나 아무 소리도 들리지 않는다. 머리를 번

쩍 든다. 보득일 업은 남편이 저기 어디 비칠거리고 그를 찾아
올 것만 같다. 깜짝 일어났으나 그만 쓰러지게 된다. 대체 왜
이리 쓰러지는지, 그는 아뜩하였다. 손가락을 아짝 씹는다. 불
이 눈에 볼끈 일어 감기려던 눈이 환해진다.

"아가, 여기 젖 있다, 머……."

그는 허공을 향하여 부르짖었다. 숲속에 드리운 저 허공,
남편의 초라한 옷자락인가 봐 펄쩍 정신이 든다. 허나 아니었
다. 그는 응 하고 울었다. 그리고 기어라도 볼까, 다리, 팔을 움
직이다 그만 쓰러진다.

아가, 아가…… 어쭉 일어나 봐…… 흥 제, 남편은 어찌 될
줄 알고. 이제 등록한 아편쟁이가 될지 어떨지…… 고요히 숨
이 끊어지고 만다.

《여성》, 1937. 11.

지하촌(地下村)

해는 서산 위에서 이글이글 타고 있다. 칠성이는 오늘도 동냥자루를 비스듬히 어깨에 메고 비틀비틀 이 동리 앞을 지났다. 밑 뚫어진 밀짚모자를 연신 내려 쓰나 이마는 따갑고 땀방울이 흐르고 먼지가 연기같이 끼어 그의 코밑이 매워 견딜 수 없다.

"이애 또 온다."

"어아."

동리서 놀던 애들은 소리를 지르며 달려온다. 칠성이는 조놈의 자식들 또 만나누나 하면서 속히 걸었으나, 벌써 애들은 그의 옷자락을 툭툭 잡아당겼다.

"이애 울어라 울어."

한 놈이 칠성의 앞을 막아서고 그 큰 입을 헤벌리고 웃는다. 여러 애들이 죽 돌아섰다.

"이애 이애, 네 나이 얼마?"

"거게 뭐 얻어오니? 보자꾸나."

한 놈이 동냥자루를 툭 잡아채니 애들은 손뼉을 치며 좋아한다. 칠성이는 우뚝 서서 그중 큰 놈을 노려보고 가만히 서 있었다. 앞으로 가려든지 또 욕을 건네면 애들은 더 흥미가 나서 달라붙는 것임을 잘 알기 때문이다.

"바루[38] 바루 점잖은데."

머리 뾰족 나온 놈이 나무 꼬챙이로 갓 눈 듯한 쇠똥을 찍어 들고 대들었다. 여러 놈은 깔깔거리면서 저마다 쇠똥을 찍어 들고 덤볐다. 칠성이도 여기는 참을 수 없어서 막 서두르며 내달아 갔다.

두 팔을 번쩍 들고 부르르 떨면서 머리를 비틀비틀 꼬다가 한 발 지척 내디디곤 했다. 애들은 이 흉내를 내며 따른다. 앞으로 막아서고 뒤로 따르면서 깡충깡충 뛰어 칠성의 얼굴까지 똥칠을 해 놓는다. 그는 눈을 부릅뜨고,

"이, 이놈들!"

입을 실룩실룩하다가 겨우 내놓는 말이다.

"이, 이놈들!"

하고 또한 흉내를 내고는 대굴대굴 굴면서 웃는다. 쇠똥이 그의 입술에 올라가자, 앱 투 하고 침을 뱉으면서 무섭게 눈을 떴다.

"무섭다, 바루 바루."

애들은 참말 무섭게 보았는지 슬금슬금 꽁무니를 빼기 시작하였다. 칠성이는 팔로 입술을 비비고 떠들며 돌아가는 애들을 물끄러미 바라보았다. 웬일인지 자신은 세상에서 버림을 받은 듯 그렇게 고적하고 분하였다.

그들이 물러간 후에, 신작로는 적적하고 죽 뻗어 나가다

38 매우.

가, 조밭을 끼고 조금 굽어진 저 앞이 뚜렷했다. 그 위에 수수 밭 그림자 서늘하고…… 그는 걸었다. 옷에 묻은 쇠똥을 털었으나 떨어지지 않을 뿐 아니라 퍼렇게 물이 든다. 그는 어디라 할 것 없이 멍하니 바라보다가 산 밑으로 와서 주저앉았다.

긴 풀에 잔바람이 홀홀히 감기고 이따금 들리는 벌레 소리, 어디 샘물이 있는가 싶었다. 그는 보기 싫게 돋은 머리를 벅벅 긁어당기며 무심히 앞을 보았다. 수림 속에 햇발이 길게 드리웠고 쩍쩍하는 새소리 처량하게 들리었다. 난 왜 병신이 되어 그놈의 새끼들한테까지 놀림을 받나 하고 불쑥 생각하면서 곁의 풀대를 북 뽑았다. 손목은 찌르르 울렸다.

큰년이가 살까! 그는 눈이 멀고도 사는데, 난 그보다야 훨씬 낫지. 강아지의 털같이 보드라운 털을 가진 풀 열매를 바라보며 이렇게 생각하였다. 큰년이가 천천히 떠오른다. 곱게 감은 눈, 고것 참! 그는 진저리를 쳤다. 그리고 곁에 놓인 동냥자루를 보면서 오늘 얻어 온 것 중에 가장 맛있고 좋은 것으로 큰년에게 보내야지 하였다. 어떻게 보낼까. 밤에 바자 위로 넘겨 줄까. 큰년이가 나와 바자 곁에 서 있어야 되지. 그럼 누가 나오라고는 해 둬야지. 누가 그래. 안 되어. 그럼 칠운이 들려서 보내야지. 아니 아니, 큰년의 어머니가 알게 되고 또 우리 어머니 알지, 안 되어. 낮에 김들 매러 간 담에 몰래 바자로 넘겨 주지. 그는 가슴이 설레어서 부스스 일어나고 말았다.

가죽을 벗겨 낼 듯이 내리쬐던 해도 어느덧 산속으로 숨어 버리고, 어디선가 불어오는 바람이 풀잎을 살랑살랑 흔들고 그의 몸에 스며든다. 그는 동냥자루를 매만지다가, 어깨에 메고 지척거리며[39] 발길을 내디디었다.

하늘은 망망한 바다와 같이 탁 터지고, 저 멀리 붉은 너울이 유유히 떠돌고 있다. 그는 밀짚모자를 젖혀 쓰고 산 밑을 떠났다. 걸음에 따라 쇠똥내가 물씬하고 났다.

그가 산모퉁이를 돌아 동리 앞까지 왔을 때, 그의 동생인 칠운이가 아기를 업고 쪼루루 달려온다.

"성 이제 오네. 히, 자꾸자꾸 봐도 안 오더니."

큰 눈에 웃음을 북슬북슬 띠우고 형의 곁으로 다가서는 칠운이는 시커먼 동냥자루를 덥석 쥐어 무엇을 얻어 온 것을 어서 알려고 하였다.

"오늘도 과자 얻어 왔어?"

"아, 아니."

칠성이는 얼른 동냥자루를 옮기고 주춤 물러섰다. 칠운이는 따라섰다.

"나 하나만 응야, 성아."

침을 꿀떡 넘기고 새카만 손을 내민다. 그 바람에 아기까지 두 손을 쭉 펴들고 칠성이를 말끔히 쳐다본다.

"이, 이 새끼는."

칠성이는 홱 돌아섰다. 칠운이는 넘어질 듯이 쫓아갔다.

"응야 성아, 나 하나만."

"없, 없어."

형은 눈을 치떴다. 칠운이는 금시로 눈물이 글썽글썽해서 형을 보았다.

"난 어마이 오면 이르겠네 씨, 도무지 안 준다고. 아까 아까 어마이가 밭에 가면서 아기 보라면서 저 성이 사탕 얻어다 준다고 했는데 씨, 난 안 준다고 다 일러 씨, 흥."

---

39 힘없이 다리를 끌면서 자꾸 억지로 걷다.

칠운이는 입을 비쭉하더니 주먹으로 눈물을 씻는다. 아기는 영문도 모르고 으아 하고 울음을 내쳤다.

주위는 감실감실 어두워 오는데 칠운이는 흑흑 느껴 울면서 그들의 어머니가 올라가 있을 저 산을 바라보고 뛰어간다.

"어머이 어머이."

하고 칠운이가 목메어 부르면 번번이 아기도,

"엄마 엄마."

하고 또랑또랑하게 불렀다, 응응 하는 앞산의 반응은 어찌 들으면 어머니의 "왜" 하는 대답 같기도 했다. 칠성이는 칠운이와 영애가 보이지 않는 것만도 다행으로 여기며 돌아서 걸었다.

동네는 어둠에 푹 싸여 아무것도 보이지 않으나 동네 앞으로 우뚝 서 있는 늙은 홰나무만이 별을 따려는 듯 높아 보였다. 그는 이제 어떻게 해서라도 큰년이를 만날 것과, 또 얻어 온 이 과자를 큰년의 손에 꼭 쥐어 줄 것을 생각하며 걸었다.

"칠성이냐?"

어머니의 음성이 들린다. 그는 돌아보았다. 나무를 한 임이고 이리로 오는 어머니의 얼굴은 보이지 않으나 웬일인지 그의 머리가 숙여지는 듯해서 번쩍 머리를 들었다.

"왜 오늘 늦었느냐?"

아까 밭에서 산으로 올라갈 때 몇 번이나 아들이 나오는가 하여 눈이 가물가물해지도록 읍길을 바라보아도 안 보이므로 어디 가 넘어져 애를 쓰는가, 또 애새끼들한테서 돌팔매질을 당하는가 하여 읍에까지 가 볼까 하였던 것이다. 칠성이는 어머니의 이 같은 물음에 애들에게 쇠똥칠당하던 것이 불시에 떠오르고 코허리가 살살 간지럽기 시작하였다.

어머니는 갈잎내를 확 풍기면서 그의 곁으로 다가선다. 그 큰 짐을 이고서 아기까지 둘러업었다.

"어마이, 성은 나 사탕 안 준다야 씨."

칠운이는 어머니의 치맛귀를 잡고 늘어진다. 그 바람에 어머니는 앞으로 쓰러질 듯했다가 도로 서서 한 손으로 칠운이를 어루만졌다.

"저놈의 새, 새끼, 주 죽이고 말라."

칠성이는 발길로 칠운이를 차려 하였다. 어머니는 또 쓰러질 듯 막아섰다.

"그러지 말아라. 원 그것이 해종일 아기 보느라 혼났다. 허리에는 땀띠가 좁쌀알같이 쪽 돋았구나. 여북 아프겠니 원."

어머니는 말끝에 한숨을 푹 쉬인다. 칠성이는 문득 쇠똥내를 물큰 맡으면서 화를 버럭 올리었다.

"누, 누구는 가만히 앉아 있었나!"

"아니 그렇게 하는 말이 아니어, 칠성아."

어머니는 목이 메어 다시 말을 계속하지 못한다. 그들은 잠잠히 걸었다.

집에 온 그들은 나뭇단 위에 되는대로 주저앉았다. 어머니는 칠성의 마음을 위로하느라고 이 말 저 말을 끄집어냈다.

"올해는 웬 쌀 쬐기 그리 많으냐. 손이 얼벌벌하구나.⁴⁰"

어머니는 그 손을 한 번쯤 들여다보고 싶은 것을 참고 아이를 어루만지다가 젖을 꺼냈다. 칠운이는 나뭇단을 퉁퉁 차면서 흥흥거린다. 칠성이는 동생들이 미워서 더 앉아 있을 수가 없어 일어났다. 그는 어둠 속을 휘 살피고 큰년이가 저 속

---

40 맛이나 느낌이 얼얼하고 뻐근하다.

에 어디 섰지 않는가 했다.

　방으로 들어온 칠성이는 이제 툇돌에 움찔린 발가락을 엉
덩이로 꼭 눌러 앉고 일변 칠운이가 들어오지 않는가 귀를 기
울이며 문을 길었다. 그리고 동냥자루를 가만히 쏟았다. 흩어
지는 성냥과 쌀알 흐르는 소리. 솜털이 오싹 일어, 그는 몸을
움찔하면서 얼른 손을 내밀어 하나하나 만져 보았다. 역시 그
안에 있는 돈 생각이 나서, 돈마저 꺼내 가지고 우두커니 들여
다보았다, 비록 방 안이 어두워서 그 모든 것이 보이지 않으나
눈곱같이 눈구석에 박혀 있는 듯했다.

　성냥갑 따로, 쌀과 과자 부스러기 따로 골라 놓고 문득 큰
년이를 생각하였다. 어느 것을 주나, 얼른 과자를 쥐며 이것을
주지, 하고 하나 집어 입에 넣었다. 바삭 소리가 이 사이에 돌
고 달큼한 물이 사르르 흐른다. 그는 입맛을 다시고 나서 칠운
이가 엿듣는가 다시 한 번 조심했다.

　그는 온 손에 땀이 나도록 쥐고 있는 돈을 펴서 보고 한 푼
한 푼 세어 보다가, 이것으로 큰년의 옷감을 끊어다 주면 얼마
나 큰년이가 좋아할까, 그의 가슴은 씩씩 뛰었다. 고것 왜 우
리 집엘 안 올까, 오면 내가 돈도 주고 이 과자도 주고 또 큰년
이가 달라는 것이면 내 다 주지. 응 그래. 이리 생각되자 그는
어쩐지 마음이 송구해졌다. 해서 성냥갑과 과자 부스러기를
한데 싸서 저편 갈자리 밑에 밀어 놓고, 돈도 거기에 넣은 담
에 쌀만 아랫방에 내려놓았다. 그리고 뒷문 곁으로 바싹 다가
앉아서 큰년네 바자를 바라다보았다.

　바자에 호박 넌출이 엉키었고 그 위에 벌들이 팔팔 날았
다. 어떻게 만날까, 그는 무심히 발가락을 쥐고 아픔을 느꼈
다. 서늘한 바람이 그의 볼 위에 흘러내렸다. 그는 안타까웠

다. 지금 이 발끝이 아픈 것보다도 어딘가 모르게 또 아픈 것을 느낀다.

"이애 밥 먹어."

칠성이는 놀라 돌아다보았다. 어머니가 샛문 밖에 서 있다는 것을 알자, 웬일인지 가슴 한구석에 공허를 아득하게 느꼈다,

"왜 문은 걸었나?"

어머니는 문을 잡아챈다. 과자를 달라거나 돈을 달래려고 저리도 문을 잡아 흔드는 것 같다. 그는 와락 미운 생각이 치올랐다,

"난, 난 안 먹어!"

꽥 소리쳤다. 전신이 후루루 떨린다.

"장에서 뭐 먹고 왔니?"

어머니의 음성은 가늘어진다. 언제나 칠성이가 화를 낼 땐 어머니는 저리도 기운이 없어진다. 한참 후에,

"좀 더 먹으렴."

"시 싫여."

역시 소리를 질렀다. 그러니 어머니는 뭐라고 웅얼웅얼하더니 잠잠해 버린다. 칠성이는 우두커니 앉았노라니 자꾸만 갈자리 속에 넣어 둔 과자가 먹고 싶어 가만히 갈자리를 들썩하였다. 먼지내 싸하게 올라오고 빈대 냄새 역하다. 그는 자리를 도로 놓고 내일 아침에 큰년이 줄 것인데 내가 먹으면 안되지 하고, 획 돌아앉고도 부지중에 손은 갈자리를 어루 쓸고 있다. 큰년이 줘야지 냉큼 손을 떼고 문턱을 꽉 붙들었다.

마침 바람이 산들산들 밀려들어 이마에 흐른 땀을 선뜻하게 한다. 그는 얼른 적삼을 벗어 던지고, 그 바람을 안았다. 온

몸이 가려운 듯하여 벽에다 몸을 비비니 어떤 쾌미가 일어, 부지중에 그는 몸을 사정없이 비비고 나니 숨이 차고 등가죽이 벗어져 아팠다. 그래서 벽을 붙들고 일어나 나왔다.

몸을 움직이니 아니 아픈 곳이 없다. 손끝에 가시가 박혔는지 따끔거리고 팔뚝이 쓰라리고 아까 다친 발가락이 새삼스러이 더 쏘고, 그는 꾹 참고 걸었다.

울바자 밑에 나란히 서 있는 부초쫑 끝에 별빛인가도 의심나게 흰 꽃이 다문다문 빛나고, 간혹 맡을 수 있는 부초 냄새는 계집이 곁에 와 섰는가 싶게 야릇했다. 그는 바자 곁으로 다가섰다.

큰년네 집에선 모깃불을 피우는지 향긋한 쑥내가 솔솔 넘어오고, 이따금 모깃불이 껌벅껌벅하는데 두런두런하는 소리에 귀를 세우니 바자가 바삭바삭 소리를 내고 호박잎의 솜털이 그의 볼에 따끔거린다. 문득 그는 바자 저편에 큰년이가 숨어서 나를 엿보지나 않나 하자 얼굴이 확확 달았다.

어느 때인가 되어 가만히 둘러보니 옷에 이슬이 촉촉하였고, 부초꽃이 물속에 잠긴 차돌처럼 그 빛을 환히 던지고 있다. 모깃불도 보이지 않고 캄캄하며, 어디선가 벌레 소리가 쓰르릉하고 났다. 그는 방으로 들어서자 가슴이 답답하였다.

이튿날 아침에 눈을 뜨니, 벌써 뒤뜰은 햇빛으로 가득하였다. 칠성이는 일어나는 참 어머니와 칠운이가 아직도 집에 있는가 살핀 담에 아무도 없음을 알고 뒷문턱에 걸터앉아서 큰년네 바자를 물끄러미 바라보았다. 큰년의 아버지 어머니도 김매러 갔을 테고, 고것 혼자 있을 터인데…… 혹 마을꾼이나 오지 않았는지 오늘은 꼭 만나야 할 터인데, 이런 생각을 하다가 무심히 그의 팔을 들여다보았다. 다 해진 적삼 소매로 맥없이 늘어진 팔목은 뼈도 살도 없고 오직 누렇다 못해서 푸른빛이 도는 가죽만이 있을 뿐이다. 갑자기 슬픈 마음이 들어 그는 머리를 들고 한숨을 푹 쉬었다. 큰년이가 눈을 감았기로 잘했지. 만일 두 눈이 둥글하게 떴다면 이 손을 보고 십 리나 달아날 것도 같다. 그러나 큰년이가 이 손을 만져 보고 왜이리 맥이 없어요, 이 손으로 뭘 하겠소 할 때엔…… 그는 가슴이 답답해서 견딜 수 없다. 그저 한숨만 맥없이 내쉬고 들이쉬다가 문득 약이 없을까? 하였다. 약이 있기는 있을 터인데…… 큰년네 바자 위에 둥글하게 심어 붙인 거미줄에는 수없는 이슬방울이 대롱대롱했다. 저런 것도 약이 될지 모르지, 그는 벌떡 일어 나왔다.

거미줄에서 빛나는 저 이슬방울들이 참으로 약이 되었으면 하면서, 그는 조심히 거미줄을 잡아당겼다. 팔은 맥을 잃고, 그뿐만 아니라 자꾸만 떨리어 거미줄을 잡을 수도 없지만 바자만 흔들리고, 따라서 이슬방울이 후두두 떨어진다. 그는 손으로 떨어져 내려오는 이슬방울을 받으려고 했다. 그러나 한 방울도 그의 손에는 떨어지지 않았다.

"에이, 비 빌어먹을 것!"

그는 이런 경우를 당할 때마다 이렇게 소리치고 말없이 하늘을 노려보는 버릇이 있다. 한참이나 이러하고 있을 때, 자박자박하는 신발 소리에 그는 가만히 머리를 돌리어 바라보았다. 호박잎이 그의 눈썹 끝에 삭삭 비비치자 눈물이 핑그르 돈다. 눈물 속에 비치는 저 큰년이! 그는 눈가가 가려운 것도 참고 눈을 점점 더 크게 떴다.

빨래 함지를 무겁게 든 큰년이는 이리로 와서 빨래 함지를 쿵 내려놓고 일어난다. 눈은 자는 듯 감았고 또 어찌 보면

감은 듯 뜬 것같이도 보였다. 이제 빨래를 했음인지 양 볼에 붉은 점이 한 점 두 점 보이고 턱이 뾰족한 것이 어디 며칠 앓은 사람 같다. 큰년이는 빨래를 한 가지씩 들어 활활 펴 가지고 더듬더듬 바자에 넌다.

칠성이는 숨이 턱턱 막혀서 견딜 수 없다. 소리 나지 않게 숨을 쉬려니 가슴이 터지는 것 같고, 뱃가죽이 다 잡아 씌웠다. 그는 잠깐 머리를 숙여 눈물을 씻어 낸 후에 여전히 들여다보았다. 지금 그의 머리엔 아무런 생각도 할 수 없다. 그저 큰년의 동작으로 가득했을 뿐이다. 큰년이는 한 가지 남은 빨래를 마저 가지고 그의 앞으로 다가온다. 그때 칠성이는 손이라도 쑥 내밀어 큰년의 손을 덥석 잡아 보고 싶었으나, 몸은 움찔 뒤로 물러나지며 온 전신이 풀풀 떨리었다.

바삭바삭 빨래 널리는 소리가 칠성의 귓바퀴에 돌아내릴 때 가슴엔 웬 새 새끼 같은 것이 수없이 팔딱거리고 귀가 우석우석[41] 울고 눈은 캄캄하였다. 큰년의 신발 소리가 멀리 들릴 때 그는 비로소 몸을 움직일 수 있었고, 또 호박잎을 젖히고 들여다보았다. 큰년이는 빈 함지를 들고 부엌문을 향하여 들어가고 있다. 그는 급하여 소리라도 쳐서 큰년이를 멈추고 싶었으나 역시 마음뿐이었다. 큰년의 해어진 치마폭 사이로 뻘건 다리가 두어 번 보이다가 없어진다. 또 나올까 해서 그 컴컴한 부엌문을 뚫어지도록 보았으나 끝끝내 큰년이는 나오지 않았다. 그는 후 하고 한숨을 내쉬고 물러섰다. 햇볕은 따갑게 내리쬔다. 과자나 들려 줄 걸…… 돈이나 줄 것을, 아니 돈은 내가 모았다가 치마나 해 주지, 하고 다시 들여다보았다. 바자

41   마르거나 뻣뻣한 물건이 자꾸 가볍게 스치거나 부서지는 소리. 또는 그 모양.

만 바삭바삭 소리를 내고 고요하다. 이제 큰년의 손으로 넌 빨래는 희다 못해서 햇빛같이 빛나고 그는 눈을 떼고 돌아섰다. 자기가 옷가지라도 해 주지 않으면 큰년이는 언제나 그 뻘건 다리를 감추지 못할 것 같다.

"성아, 나 사탕 좀……."

돌아보니 칠운이가 아기를 업고 부엌문으로 나온다. 그는 도둑질이나 하다가 들킨 것처럼 무안해서 얼른 바자 곁을 떠났다. 칠운이는 저를 다그쳐 형이 저리도 급히 오는 것으로 알고 부엌으로 달아나다가 살짝 돌아보고 또 이리 온다.

"응야, 나 하나만……."

손을 내민다.

아기도 머리를 갸웃하여 오빠를 바라보고 손을 내민다. 아기의 조 머리엔 종기가 지질하게 났고, 거기에는 언제나 진물이 마를 사이 없다. 그 위에 가늘고 노란 머리카락이 이기어 달라붙었고 또 파리가 안타깝게 달라붙어 떨어지지 않는다. 아기는 자꾸 그 가는 손가락으로 머리를 쥐어 당기고, 종기 딱지를 떼어 오물오물 먹고 있다.

아기는 그 손을 오빠 앞에 쳐들었다. 손가락을 모을 줄 모르고 짝 펴 들고 조른다. 칠성이는 눈을 부릅떠 보이고 방으로 들어왔다. 칠운이는 문 앞에 딱 막아서서 흥흥거렸다.

"응야 성아, 한 알만 주면 안 그래."

시퍼런 코를 훌떡 들이마신다.

"보, 보기 싫다!"

칠운이 역시 옷이 없어 잠방이[42]만 입었고, 그래서 저 등

---

42 가랑이가 무릎까지 내려오도록 짧게 만든 홑바지.

은 햇빛에 타다 못해서 허옇게 까풀이 일고 있으며 아기는 그
나마도 없어서 늘 벗겨 두었다. 동생들의 이러한 모양을 바라
보는 그는 눈에서 불이 확확 일어난다. 눈을 돌리어 벽을 바라
보자 문득 읍의 상점에 첩첩이 쌓인 옷감을 생각하였다. 그는
자기도 모르게 손을 번쩍 들어 칠운이를 치려고 했으나 그 손
은 맥을 잃고 늘어진다.

"난 그럼, 아기 안 보겠다야, 씨."

칠운이는 아기를 내려놓고 달아난다. 그러니 아기는 악
을 쓰고 운다. 칠성이는 눈도 거들떠보지 않고 돌아앉아 파리
가 우글우글 끓는 곳을 바라보니 밥그릇이 눈에 띄었다. 언제
나 어머니는 그가 늦게 일어나므로 저렇게 밥바리[43]에 보를
덮어 놓고 김매러 가는 것이다, 그는 슬그머니 다가앉아 숟가
락을 들고 보를 들치었다. 국에는 파리가 빠져 둥둥 떠다니고,
밥바리에 붙었던 수없는 파리 떼는 기겁을 해서 달아난다. 그
는 파리를 건져 내고 밥을 푹 떠서 입에 넣었다. 밥이란 도토
리뿐으로 밥알은 어쩌다가 씹히곤 했다. 씹히는 그 밥알이야
말로 극히 부드럽고 풀기가 있으며 그 맛이 달큼해서 기침을
할 지경이었다. 그러나 그 맛은 잠깐이고 또 도토리가 미끈하
게 씹혀 밥맛이 쓰디쓴 맛으로 변한다. 그래서 도토리만은 잘
씹지 않고 우물우물해서 얼른 삼키려면 그만큼 더 넘어가지
않고 쓴 물을 뿌리며 혀끝에 넘나들었다.

얼마 후에 바라보니, 아기가 언제 울음을 그쳤는지 눈이
보송보송해서 발발 기어 오다가, 오빠를 보고 멀거니 쳐다보
다가는 그 눈을 밥그릇에 돌리고 또 오빠의 눈치를 살핀다. 칠

43 밥그릇.

성이는 그 듣기 싫은 울음을 그친 것이 대견해서 얼른 밥알을 골라 내처 주었다. 그러니 아기는 그 조그만 손으로 밥알을 쥐어 먹다가 성이 차지 않아서 납작 엎드리어서 밥알을 쫄쫄 핥아 먹고는 또 말갛게 오빠를 본다. 이번에는 도토리 알을 내처 주었다. 아기는 웬일인지 당길성[44] 없게 도토리를 쥐고는 손으로 조물락조물락 만지기만 하고 먹지는 않는다.

"아, 안 먹게이!"

도토리를 분간해서 아는 아기가 어쩐지 미운 생각이 왈칵 들어 그는 이렇게 소리쳤다. 그러니 아기는 입을 비죽비죽하다가 으아 하고 울었다.

"우, 울겠니."

칠성이는 발길로 아기를 찼다. 아기는 눈을 꼭 감고 방바닥에 쓰러졌다. 그 바람에 아기 머리의 파리는 웅 하고 조금 떴다가 곧 달라붙는다. 칠성이는 재차 차려고 달려드니 아기는 코만 풀쩍풀쩍 하면서 울음소리를 뚝 끊었다. 그러나 그 눈엔 눈물이 샘솟듯 흐른다. 칠성이는 모른 체하고 돌아앉아 밥만 퍼먹다가 캑 하는 소리에 머리를 돌렸다.

아기는 언제 그 도토리를 먹었던지 캑캑하고 게워 놓는다. 깨느르르한 침에 섞이어 나오는 도토리 쪽은 조금도 씹히지 않은 그대로였고 그 빛이 약간 붉은 기를 띤 것을 보아 피가 묻어 나오는 것임을 알 수가 있다. 아기의 얼굴은 발갛게 상기되고 목에 힘줄이 불쑥 일어났다.

그 찰나에 칠성이는 입에 문 도토리가 모래알 같아 씹을 수 없고, 쓴 내가 콧구멍 깊이 칵 올려 받쳐 견딜 수 없었다. 그

---

44 자기에게로만 끌어당기려는 욕심.

는 숟가락을 텡궁 내치고 아기를 번쩍 들어 문밖으로 내놓았다. 그리고 뼈만 남은 아기의 볼기를 짝 붙이니 얼굴이 새카매지면서도 여전히 느껴 운다. 이번에는 밥그릇을 냅다 차서 요란스레 굴리고 웃방으로 올라오나, 게우는 소리에 몸이 근심스러워서 가만히 있을 수 없었다. 문득 갈자리 속의 과자를 생각하고 그것을 남김없이 꺼내다가 아기 앞에 팽개치고 뒤뜰로 나와 버렸다. 그는 빙빙 돌다가 침을 탁 뱉었다.

한참 만에 칠성이는 방으로 들어오니, 방 안은 달군 가마 속 같았다.

그는 앉았다 섰다 안달을 하다가 머리를 기웃하여 보니, 아기는 손을 깔고 봉당에 엎드려 잠들었고, 게워 놓은 자리엔 쉬파리가 날개 없는 듯이 벌벌 기고 있으며, 아기 머리와 빠끔히 벌린 입에는 잔파리, 왕파리가 바글바글 둘러싼다. 과자! 그는 놀라 둘러보았다. 부스러기도 볼 수 없었다. 아기가 다 먹을 수 없고 필시 칠운이가 들어왔던 것이라 생각될 때 좀 남기고 줄 것을 하는 후회가 일며 칠운이를 보면 실컷 때리고 싶었다. 그는 달려 나오면서 발길로 아기를 차고 나왔다. 손을 거북스레 깔고 모로 누운 꼴이 눈에 꺼리고 또 여윈 팔다리가 보기 싫어서 이러하고 나온 것이다.

아기 울음소리를 들으면서 그는 칠운이를 찾았다. 저편 버드나무 아래에 애들이 모여 떠든다. 옳지, 저기 있구나 하고 씩씩거리며 그리로 발길을 떼어 놓았다.

몰래몰래 오느라 했건만 칠운이는 벌써 형을 보고서 달아난다. 애들은 수숫대를 시시거리며 씹고 서서 칠성이를 힐끔힐끔 보다가는 히히 웃었다. 어떤 놈은 칠성의 걸음 흉내를 내기도 한다.

칠운이는 조밭으로 들어갔는지 보이지도 않는다. 그는 잡풀에 얽히어 넘어지니 뒤로 따르던 애들은 히 하고 웃고 떠든다. 칠성이는 겨우 일어나서 애들을 노려보았다. 이놈들도 달려들지나 않으려나 하는 불안이 약간 일어 이렇게 딱 버티어 보인 것이다. 애들은 무서웠던지 슬금슬금 달아난다. 애들 같지 않고 무슨 원숭이 무리가 먹을 것을 구하러 눈이 뒤집혀서 다니는 것 같았다. 이 동리 애들은 모두가 미운 애들만이라고 부지중에 생각되어 한참이나 바라보다가 걸었다. 이마가 따갑고 발가락이 따가운데 또 애들이 벗겨 버린 수숫대 껍질이 발끝에 따끔거린다. 애들은 내[45]를 바라보고 달아난다. 그 무리에 칠운이도 섞이었을 것이라 하고, 그는 버드나무 아래로 왔다.

여기는 수숫대 껍질이 더 많고 또 소를 갖다 매는 탓인지 쇠똥이 지저분했다. 버드나무에 기대서서 그는 바라보았다. 저절로 그의 눈이 큰년네 집에 멈추고 또 큰년이를 만나 볼 마음으로 가득하다. 지금 혼자 있을 텐데 가 볼까, 그러나 누가 있으면…… 무엇이 따끔하기에 보니 왕개미 몇 마리가 다리로 올라온다. 그는 툭툭 털고 다시 보았다.

멀리 큰년네 바자엔 빨래가 희게 널렸는데, 방금 날려는 새와 같이 되룩되룩하여[46] 쉬, 하면 푸르릉 날듯하다. 있기는 누가 있어, 김매러 다 갔을 터인데…… 신발 소리에 그는 돌아보았다. 개똥 어머니가 어떤 여인을 무겁게 업고 숨이 차서 온다. 전 같으면 "요새 성냥 많이 벌었겠구먼, 한 갑 선사하게

45 시내보다는 크지만 강보다는 작은 물줄기.
46 작은 눈알을 잇따라 힘 있게 굴리다.

92

나." 하고 농담을 건넬 터인데 오늘은 울상을 하고 잠잠히 지나친다. 이마에 비지땀이 흐르고 다리가 비틀비틀 꼬이고 숨이 하늘에 닿고. 그는 머리를 들어 보니 등에 업힌 여인인즉 죽은 시체 같았다. 흩어진 머리 주제며 입에 끓는 거품 꼴, 피투성이 된 옷! 눈을 크게 뜨고 머리카락에 휩싸인 여인의 얼굴을 똑바로 보니 큰년의 어머니였다. 그는 놀랐다. 해서 뭐라고 묻고 싶은데 벌써 개똥 어머니는 버드나무를 지나 퍽이나 갔다. 웬일일까, 어디 넘어졌나, 누구와 쌈을 했나, 하고 두루 생각하다가 못 견디어 일어나 따랐다. 맘대로 하면 얼른 가서 개똥 어머니에게 어찌 된 곡절을 묻겠는데 다리가 말을 듣지 않고 점점 더 비틀거리기만 하고 앞으로 가지지는 않는다. 그는 화를 더럭 내고 몸짓만 하다가 팍 꺼꾸러졌다. 한참이나 버둥거리다가 일어나서 천천히 걸었다,

큰년네 굴뚝에는 연기가 흐른다. 옳구나, 큰년의 어머니가 어찌해서 그 모양이 되었을까, 또다시 이러한 궁금증이 일어난다. 그가 큰년네 마당까지 오니 큰년네 집으로 들어가고 싶어 발길이 자꾸만 돌려진다. 그런 것을 참고 무슨 소리나 들을까 하여 한참이나 왔다 갔다 하다가 집으로 왔다.

봉당에 들어서니 파리가 와그그 끓는데, 그 속에서 아기가 똥을 누고 있다. 깽깽 힘을 쓰니 똥은 안 나오고 밑이 손길같이 빠지고 거기서 빨간 핏방울이 뚝뚝 떨어진다. 아기는 기를 쓰느라 두 눈을 동그랗게 비켜 뜨니, 얼굴의 힘줄이 칼날같이 일어난다. 그 조그만 이마에 땀이 비 오듯 하고, 그는 못 볼 것이나 본 것처럼 머리를 돌리고 방으로 들어왔다. 마음대로 하면 아기를 칵 밟아 죽여 버리든지 어디 멀리로 들어다 버리든지 했으면 오히려 시원할 것 같다.

칠성이는 발길에 채어 구르는 도토리를 집어 먹으며, 아기 기 쓰는 소리에 눈살을 잔뜩 찌푸리고 그만 뒤뜰로 나와 버렸다. 아기로 인하여 잠깐 잊었던 큰년 어머니의 생각이 또 나서 그는 바짝 곁으로 다가섰다.

"으아으아."

하는 아기 울음소리에 머리를 돌렸다. 영애의 울음소리가 아니요, 아주 갓 낳은 어린 아기의 울음인 것을 직각하자 큰년의 어머니가 아기를 낳았는가 했다. 그러자 불안하던 마음이 다소 덜리나, 아기 하고 입에만 올려도 입에서 신물이 돌 지경이었다. 지금 봉당에서 피똥을 누느라 병든 고양이 꼴을 한 그런 아기를 낳을 바엔 차라리 진자리[47]에서 눌러 죽여 버리는 것이 훨씬 나을 것 같았다.

큰년이 같은 그런 계집애를 낳았나, 또 눈먼 것을…… 그는 히 하고 웃음이 터졌다. 그 웃음이 입가에서 사라지기도 전에 왜 이 동네 여인들은 그런 병신만을 낳을까 하니, 어쩐지 이상하였다. 하기야 큰년이가 어디 나면서부터 눈멀었다니, 우선 나도 네 살 때 홍역을 하고 난 담에 경풍이라는 병에 걸리어 이런 병신이 되었다는데 하자, 어머니가 항상 외우던 말이 생각되었다.

그때 어머니는 앓는 자기를 업고, 눈이 길같이 쌓여 길도 찾을 수 없는 데를 눈 속에 푹푹 빠지면서 읍의 병원에를 갔다는 것이다. 의사는 보지도 못한 채 어머니는 난로도 없는 복도에 반나절이나 서 있다가, 하도 갑갑해서 진찰실 문을 열었더니 의사는 눈을 거칠게 떠 보이고 어서 나가 있으라는 뜻을 보

47 아이를 갓 낳은 자리.

이므로 하는 수 없이 복도로 와서 해가 지도록 기다리는데 나중에 심부름하는 애가 나와서 어머니 손가락만 한 병을 주고 어서 가라고 하였다는 것이다.

어머니는 그 말만 하면 흥분이 되어 의사를 욕하고 또 세상을 원망하는 것이다, 그때마다 그는 어머니를 핀잔하고 그 말을 막아 버리곤 하였다. 무엇보다도 불쾌하여 견딜 수 없었던 것이다.

약만 먹으면 이제라도 내 병이 나을까, 큰년의 병도······ 아니야, 이미 병신이 된 담에야 약을 쓴다고 나을까. 그래도 알 수가 있나, 어쩌다 좋은 약만 쓰면 나도 남처럼 다리, 팔을 제대로 놀리고 해서 동냥도 하러 다니지 않고, 내 손으로 김도 매고 또 산에 가서 나무도 꽝꽝 찍어 오고, 애새끼들한테서 놀림도 받지 않고······ 그의 가슴은 움쩍하였다. 눈을 번쩍 떴다. 병원에나 가서 물어볼까······ 그까짓 놈들이 돈만 알지 뭘 알아. 어머니의 하던 말 그대로 되풀이하고 맥없이 주저앉았다.

큰년네 집도 조용하고 아기의 울음소리도 그쳤는데 배가 쌀쌀 고팠다. 그는 해를 짐작해 보고, 어머니가 이제 들어오면 얼굴에 수심을 띠고 귀밑에 머리카락을 담뿍 흘리고서, 너 왜 동냥하러 가지 않았니, 내일은 뭘 먹겠니, 할 것을 머리에 그리며 무심히 서 있는 댑싸리나무를 바라보았다.

혹시 이 댑싸리나무가 내 병에 약이 되지나 않을까. 그는 댑싸리나무 냄새를 코밑에 서늘히 느끼자 이러한 생각이 불쑥 일어, 댑싸리나무 곁으로 가서 한입 뜯어 물었다. 잘강잘강 씹으니 풀내가 역하게 일며 욱 하고 구역질이 나온다. 그래도 눈을 꾹 감고 숨도 쉬지 않고 대강 씹어서 삼켰다. 목이 찢어지는 듯이 아프고 맑은 침이 자꾸만 흘러내린다. 그는 이 침마

저 삼켜야 약이 될 듯해서 눈을 꿈쩍거리면서 그 침을 삼키고 나니, 까닭 없이 두 줄기 눈물이 주르르 흘러내린다.

그는 하늘을 바라보고 제발 이 손을 조금만이라도 놀려서 어머니가 하는 나무를 내가 하도록 했으면 하였다. 평소에 이런 생각을 한 번도 해 본 적이 없건만, 어머니가 나무를 무겁게 이고 걸음도 잘 걷지 못하는 것을 보아도 무심했건만, 웬일인지 이 순간에 이러한 생각이 일었다.

한참이나 꿈쩍 않고 있던 그는 손을 가만히 들어보고 이번에나 하는 마음이 가슴에서 후다닥거렸다. 하나 손은 여전히 떨리어 옴츠러든다. 갑자기 욱 하고 구역질을 하자, 땅에 머리를 쾅! 들입다 쪼이고 훌쩍훌쩍 울었다.

아주 캄캄해서야 어머니는 돌아왔다. 또 산으로 가서 나무를 해 이고 온 것이다.

"어디 아프냐?"

어둠 속에 약간 드러나는 어머니의 윤곽은 피로에 쌓여 넘어질 듯하다. 그리고 짙은 풀내가 치마폭에 흠씬 배어 마늘내같이 강하게 풍겼다.

"이애야, 왜 대답이 없어."

아들의 몸을 어루만지는 장작개비 같은 그 손에도 온기만은 돌았다.

칠성이는 어머니의 손을 뿌리치고 돌아누웠다. 어머니는 물러앉아 아들의 눈치를 살피다가 혼자 하는 말처럼,

"어디가 아픈 모양인데, 말을 해야지 잡놈 같으니라구."

이 말을 남기고 일어서 나갔다. 한참 후에 어머니는 푸성귀 국에다 밥을 말아 가지고 들어와서 아들을 일으켰다. 칠성이는 언제나처럼 어머니 팔목에서 뚝 하는 소리를 들으면서

일어나 앉아 떨리는 손으로 숟가락을 붙들었다.

"애야, 어디 아프냐?"

아까와 달리 어머니 옷자락에 그을음내가 풍기고 숨소리에 따라 밥내 구수한데, 무겁던 몸이 가벼워진다.

"아, 아니."

마음을 졸이던 끝에 비로소 안심하고 아들이 국 마시는 것을 들여다보았다.

"에그, 큰년네 어머니는 오늘 밭에서 아기를 낳았다누나. 내남없이 가난한 것들에게 새끼가 무어겠니."

아까 버드나무 아래서 본 큰년의 어머니가 떠오르고 으아 으아 울던 아기 울음소리가 들리는 듯, 또 영애의 그 꼴이 선히 나타난다. 그는 눈살을 찌푸렸다.

"글쎄 새끼가 왜 태어나, 진절머리 나지."

한숨 섞어 어머니는 이렇게 탄식하고, 빈 그릇을 들고 나가 버린다. 칠성이는 방 안이 덥기도 하지만, 큰년의 일이 궁금해서 그만 일어나 나왔다.

뜰 한 모퉁이에 쌓여 있는 나뭇단에서 짙은 풀내가 산속인 듯싶게 흘러나오고, 검푸른 하늘의 별들은 아기 눈같이 예쁘다.

왱왱거리는 모기를 쫓으면서 나무 말려 모아 놓은 곳에 주저앉았다. 마른 갈잎이 버석버석 소리를 내고 더운 김에 밑이 뜨뜻하였다. 어머니가 저리로부터 온다.

"칠성이냐? 왜 나왔니."

버석 소리를 내고 곁에 앉는다. 땀내와 영애의 똥내가 훅 끼치므로 그는 머리를 돌리었다. 어머니는 젖을 꺼내 아기에게 물리고 한숨을 푹 쉰다. 무슨 말을 하려나 하고 칠성이는 어머니의 눈치를 살피나 안타깝게 병든 고양이 새끼 같은 영애를 어루만지기만 하고, 쉽사리 입을 열지 않았다.

해종일 김매기에 그 몸이 고달팠겠고 더구나 산에 가서 나무를 해 오려기에 그 몸이 지칠 대로 지쳤으련만, 또 아기에게서라도 시달림을 받으니, 오늘이라도 잠만 들면 깨지 못할 것 같다. 그렇게 피로한 몸을 돌아보지 않는 어머니가 어딘지 모르게 미웠다.

"계집애는 자지도 않아!"

칠성이는 보다 못해서 꽥 소리쳤다. 영애는 젖꼭지를 문 채 울음을 내쳤다. 그 애가 어디 자게 되었니, 몸이 아픈 데다 해종일 굶었고 또 이리 젖이 안 나니까, 하는 말이 혀끝에서 뚝 떨어지려는 것을 꾹 참으니 눈물이 핑그르르 돌았다.

"오오, 널 보고 안 그런다. 어서 머."

겨우 말을 마치자 눈물이 줄줄 흘렀다. 문득 어머니는 이 눈물이 겉으로 흘러서 영애의 타는 목을 축여 주었으면 가슴이 이다지도 쓰리지 않으련만 하였다.

한참 후에 어머니는,

"글쎄 살지도 못할 것이 왜 태어나서 어미만 죽을 경을 치게 하겠니. 이제 가 보니 큰년네 아기는 죽었더구나. 잘되기는 했더라만…… 에그 불쌍하지. 얼마나 밭고랑을 타고 헤맸는지, 아기 머리는 그냥 흙투성이더라구나. 그게 살면 또 병신이나 되지 뭘 하겠니. 눈에 귀에 흙이 잔뜩 들었더라니, 아이 죽기를 잘했지!"

어머니는 흥분이 되어 이렇게 중얼거린다. 칠성이도 가슴이 답답해서 숨을 크게 쉬었다. 그리고 자신도 어려서 죽었더라면 이 모양은 되지 않을 것을 하였다.

"사는 게 뭔지 큰년네 어머니는 내일 또 김매러 가겠다더구나. 하루쯤 쉬어야 할 텐데. 이게 이게 어느 때냐. 그럴 처지가 되어야지. 없는 놈에게는 글쎄 자식이 뭐냐, 웬 자식이냐."

영애를 낳아 놓고 그다음 날로 보리마당질하던, 그 지긋지긋하던 때가 떠오른다. 하늘이 노랗고 핑핑 돌고, 보리 이삭이 작았다 커 보이고, 도리깨를 들 때 내릴 때 아래서는 무엇이 뭉클뭉클 나오다가 나중엔 무엇이 묵직하게 매어 달리는 듯해서 좀 만져 보았으나, 사이도 없고 또 남들이 볼까 꺼리어 그냥 참고 있다가 소변보면서 보니 허벅다리에 피가 흔전했고, 또 주먹 같은 살덩이가 축 늘어져 있었다. 겁이 더럭 났지만, 누구보고 물어보기도 부끄럽고 해서 그냥 내버려 두었더니, 그 살덩이가 오늘까지 늘어져서 들어갈 줄 모르고 또 무슨 물을 줄줄 흘리고 있다.

그것 때문에 여름에는 더 덥고 또 고약스러운 악취가 나고, 겨울엔 더 춥고 항상 몸살이 오는 듯 오싹오싹 추웠다. 먼 길이나 걸으면 그 살덩이가 불이 붙는 듯 쓰라리고, 또 염증을 일으켜 퉁퉁 부어서 걸음을 걸을 수가 없으며, 나중에 주위로 수없는 종기가 나서, 그것이 곪아터지느라 기막히게 아팠다. 이리 아파도 누구에게 아프다는 말도 할 수 없는 그런 종류의 병이었다.

어머니는 지금도 척척히 늘어져 있는 그 살덩이를 느끼면서 한숨을 폭 쉬었다. 갈잎이 바삭바삭 소리를 낸다. 마침 영애는 젖꼭지를 깍 물었다. "아이그!" 소리까지 내치고도 얼른 칠성이가 이런 줄을 알면 욕할 것이 싫어서 그다음 말은 뚝 그치고 손으로 영애의 머리를 꼭 눌러 아프다는 뜻을 영애에게만 알리었다. 그러고도 너무 눌렀는가 하여 누른 자리를 금시로 어루만져 주었다.

"정말 오늘 그 난시에 글쎄 큰년네 집에는 손님이 와서 방안에 앉아도 못 보고 갔다누나."

칠성이는 머리를 들었다. 어디서 불려 오는 모기 쑥내는 향긋하였다.

"전에부터 말 있는 그 집에서 왔다는데, 넌 정 모르기 쉽겠구나. 읍에서 무슨 장사를 한다나, 꽤 돈푼이나 있다더라. 한데, 손을 이때까지 못 보았다는구나, 해서 첩을 여남은 사람 넘어 얻었으나 이때까지 못 낳았단다. 에그 그런 집에나 태어나지."

어머니는 영애를 잠잠히 내려다본다. 칠성이는 이야기하면서도 아기를 생각하는 어머니가 보기 싫었다. 하나 다음 말을 들으려니 가만히 앓아 있었다.

"그런데 어찌어찌하다가 큰년의 말이 났는데 사내는 펄쩍 뛰더란다. 그래두 안으로 맘이 켕기어서 그러하다고 하더니, 하필 오늘 같은 날, 글쎄 선보러 왔다 갔다니…… 큰년이는 이제 복 좋을라! 언제 봐도 덕성스러워. 그 애가 눈이 멀었다 뿐이지 못하는 게 뭐 있어야지. 허드렛일이나 앉아 하는 일이나 횡 잡았으니 눈뜬 사람보다 낫다. 이제 그런 집으로 시집가게 되고 달덩이 같은 아들을 낳아 놓을 게다. 아이그, 좀 잘살아야지……."

"눈먼 것을 얻어다 뭘을 해!"

칠성이는 뜻밖에 이런 말을 퉁명스레 내친다. 그의 가슴은 지금 질투의 불길로 꽉 찼고, 누구든지 큰년이만 다친다면 사생을 결단하리라 하였다. 이러구 나니 머리에 열이 오르고 다리, 팔이 떨리었다,

"그 그래, 시 시집가기로 됐나?"

어머니는 아들의 눈치를 살피고 어쩐지 대답하기가 어려웠다. 동시에 저것도 계집이 그리우려니 하니 불쌍한 마음이 들고 또 아들의 장래가 캄캄해 보이었다.

"아직은 되지 않았다더라마는……."

이 말에 그의 마음은 다소 가라앉은 듯하나, 웬일인지 슬픈 생각이 들어 그는 일어났다.

"들어가 자거라. 내일은 일찍이 읍에 가게 해. 어떡하겠니?"

칠성이는 화를 버럭 내고 어머니 곁을 떠나 되는대로 걸었다.

발걸음에 따라 모기 쑥내 없어지고 산뜻한 공기 속에 풀내 가득히 흐른다. 멀리 곡식대 비비치는 소리 바람결에 은은하고, 산기운을 띤 실바람이 그의 몸에 싸물싸물[48] 기고 있다. 잠방이 가랑이 이슬에 젖고, 벌레 소리 발끝에 차여 요리 졸졸졸, 조리 쏠쏠쏠…….

그는 우뚝 섰다. 저 앞은 지척을 분간할 수 없는 어둠으로 덮였고, 하늘 아래 저 불타산의 윤곽만이 검은 구름같이 뭉실뭉실 떠 있다. 그 위에 별들이 너도나도 빛나고, 별빛이 눈가에 흐르자 눈물이 핑그르르 돌며 통곡이라도 하고 싶었다. 저 산도 저 하늘도 너무나 그에겐 무심한 것 같다.

"애야, 들어가자."

어머니의 기운 없는 음성이 들린다.

"왜 왜 쫓아다녀유."

48 살갗에 작은 벌레가 기어가는 것처럼 간질간질한 느낌.

칠성의 마음에 잠겼던 어떤 원한이 일시에 머리를 들려고
하였다.

"제발 들어가. 이리 나오면 어쩌겠니."

어머니는 그의 손을 붙들었다. 칠성이는 뿌리치려 했으나
힘이 부친다. 길가 풀이 그들의 옷에 부딪쳐 실실 소리를 낸
다. 어머니는 절반 울면서 사정을 하였다. 그는 어머니 손에
붙들리어 돌아오면서, 오냐 내일 저를 만나 보고 시집가는지
안 가는지 물어보고, 또 나한테 시집오겠니도 물어야지 할 때,
가슴은 씩씩 뛰고 어떤 실 같은 희망이 보인다.

"날 보고 네 동생들을 봐라."

어머니는 이러한 말을 하여 아들을 달래려고 한다. 칠성
이는 말없이 그의 집까지 왔다.

이튿날 일부러 늦게 일어난 칠성이는 오늘은 기어코 큰
년이를 만나 무슨 말이든지 하리라. 만일 시집가기로 되었다
면…… 그는 아뜩하였다. 그때는 그만 죽어 버릴까, 나는 그
칼에 죽지, 하고 뒤뜰로 나와서 바자 곁에 다가섰다. 큰년네
집은 고요하고, 뜨물동이에서 왕왕거리는 파리 소리만이 간
혹 들릴 뿐이다. 가자! 바자에서 선뜻 물러섰다. 눈에 마주 띄
는 저 앞의 큰 차돌은 웬일인지 노랗게 보이었다.

그는 숨이 차서 방으로 들어왔다. 옷을 이 모양을 하고 가,
하고 굽어보았다. 쇠똥 자국이 여기저기 있고, 군데군데 해졌
고. 뭘 눈이 멀었는데 이게 보이나, 그럼 만나서는 뭐라구 말
을 해야지, 그는 천장을 바라보고 생각하였다. 입가에 흐르는
침을 몇 번이나 시 하고 들이마시나 그저 캄캄한 것뿐이다, 생
전 말이라고는 못 해 본 것처럼 아득하였다.

내가 병신임을 제가 아나, 하는 불안이 불쑥 일어 맥이 탁

풀린다. "너까짓 것에게 시집가?" 하는 큰년의 말이 들리는 듯해서 그는 시름없이 밖을 내다보았다.

바자에 얽힌 호박 넌출 박 넌출, 그 옆으로 옥수숫대, 썩 나와서 살구나무, 작고 큰 댑싸리가 아무 기탄없이 하늘을 바라보고 가지가지를 쭉쭉 쳤으니, 잎잎이 자유스럽게 미풍에 흔들리지 않는가. 웬일인지 자신은 저러한 초목만큼도 자유롭지 못한 것을 전신에 느끼고 한숨을 후 쉬었다.

한참 후에 칠성이는 마음을 단단히 먹고 마당으로 나와서, 큰년네 집 앞으로 몇 번이나 왔다 갔다 하다가 싸리문을 가만히 밀고 껑충 뛰어들었다.

봉당문도 꼭 닫히었고 싸리비만이 한가롭게 놓여 있다. 얼떨결에 봉당문을 삐걱 열었을 때 고양이 한 마리가 야옹 하고 튀어 나간다. 그는 어찌 놀랐는지 숨이 하늘에 닿을 것처럼 뛰었다. 봉당으로 들어서서 한참이나 망설이다가 방문을 열어 보았다. 무거운 공기만이 밀려 나오고 큰년이는 없었다. 시집을 갔나? 하고 얼른 생각하면서, 부엌으로 뒤뜰로 인기척을 찾으려 하였으나 조용하였다. 그는 이러하고 언제까지나 있을 수가 없어서 발길을 돌리려 했을 때 싸리문 소리가 난다. 그는 얼떨결에 기둥 이편으로 와서 그 뒤 멍석 곁에 바싹 다가섰다. 부엌에서 소리가 덜그렁 나더니 큰년이가 빨래 함지를 이고 들어온다. 그의 눈은 캄캄해지고 정신이 나른해진다. 큰년이가 그를 알아보고 이리 오는 것만 같고, 그의 눈은 먼 것이 아니요, 언제나 창틈으로 볼 수 있는 다른 눈을 빠꼼히 뜨고서 쳐다보는 듯했다. 숨이 차서 견딜 수 없으므로 멍석 아래 뒤로 돌아가며 숨을 죽이었으나 점점 더 숨결이 학학거리고 멍석 눈에 코가 닿아서 기절을 할 지경이었다.

큰년이는 뒤뜰로 나간다. 짤짤 끄는 신발 소리를 들으면서 머리를 내밀어 밖을 살피고 발길을 옮기려 했으나 온몸이 비비 꼬이어 한 보를 옮길 수가 없다. 어색하여 그만 집으로 가려고도 했다. 그의 몸은 돌로 된 것 같았으나 마침 빨래 널리는 소리가 바삭바삭 나자 큰년이가 읍으로 시집간다! 하는 생각이 들며 발길이 허둥허둥하며 떨어진다.

큰년이는 빨래를 바자에 걸치다가 휘끈 돌아보고 주춤한다. 칠성이는 차마 큰년이를 쳐다보지 못하고 우두커니 서 있었다.

"누구요?"

"……."

"누구야요?"

큰년의 음성은 떨려 나왔다. 칠성이는 무슨 말이든지 해야 할 터인데 입이 딱 붙고 떨어지지 않는다. 한참 후에 발길을 지척거리며 내디디었다.

"난 누구라고……."

큰년이는 바자 곁으로 다가서고 머리를 다소곳한다. 곱게 감은 그의 눈등은 발랑발랑 떨렸다. 칠성이는 자기를 알아보는 것을 알고 조금 마음이 대담해졌다. 이번엔 밖이 걱정이 되어 연방 눈이 그리로만 간다.

"나가. 야, 어머니 오신다."

큰년이는 암팡지게 말을 했다. 어려서 음성이 그대로 남아 있다.

"너 너 시집간다지. 조, 좋겠구나!"

"새끼두 별소리 다 하네. 나가 야."

큰년이는 빨래를 조몰락거리고 서서 숨을 가볍게 쉰다.

해진 적삼 등에 흰 살이 불룩 솟아 있다. 칠성이는 무의식간에 다가섰다.

"아이구머니!"

큰년이는 바자를 붙들고 소리쳤다. 칠성이는 와락 겁이 일어 주춤 물러서고 나갈까도 했다. 앞이 캄캄해지고 또 빙글 빙글 돌아가는 것 같았다.

"어머니 오신다 야."

칠성이는 잠깐 눈을 감았다가 덜덜 떨리어 나오는 소리에 눈을 떴다. 등허리로 흘러 내려온 삼단 같은 머리채는 큰년의 냄새를 물씬물씬 피우고 있다. 칠성이는 얼른 큰년의 발을 짐짓 밟았다. 큰년이는 얼굴이 새빨개서 발을 냉큼 빼어 가지고 저리로 간다. 손에 들었던 빨래는 맥없이 툭 떨어진다.

쟤가 돌을 집어서 치려고 저러나 하고 겁을 먹었으나, 큰년이는 바자 곁에 다가서서 바자를 보시락보시락49 만지고 있는데, 댕기꼬리는 풀풀 날린다. 야물야물하던50 말도 쑥 들어가고 애꿎은 바자만 만지고 있다.

"사탕두 주구, 옷 옷감두 주 주께, 시집 안 가지?"

큰년이는 언제까지나 잠잠하고 있다가 조금 머리를 드는 척하더니,

"누가…… 사탕……히."

속으로 웃는다. 칠성이도 따라 웃고,

"응 야, 안 안 가지?"

"내가 아니, 아버지가 알지."

---

49 마른 검불 따위를 자꾸 건드릴 때 작게 나는 소리.
50 입을 잇따라 귀엽게 움직이는 모양.

이 말엔 말이 막힌다. 그래서 우두커니 섰노라니,

"어서 나가 야."

큰년이는 얼굴을 돌린다. 곱게 감은 눈에 속눈썹이 가무레하게 났는데, 그 눈썹 끝에 걱정이 대글대글 맺혀 있다.

"그럼 시집가, 가겠니."

큰년이는 머리를 푹 숙이고, 발끝으로 돌을 굴리고 있다. 칠성이는 슬픈 마음이 들어 울고 싶었다.

"안 안 가지, 웅야."

큰년이는 대답 대신으로 한숨을 푹 쉬고 머리를 들려다가 돌아선다. 그때 어린애 울음소리가 들렸다. 칠성이는 놀라 뛰어나왔다.

집에 오니, 칠운이가 아기를 부엌 바닥에 내리굴리고 띠로 아기를 꽁꽁 동이려고 한다. 아기는 다리, 팔을 함부로 놀리고 발악을 하니, 칠운이는 사뭇 죽일 고기 다루듯 아기를 칵칵 쥐어박는다.

"이 계집애 자겠니, 안 자겠니. 안 자면 죽이고 말겠다."

시퍼런 코를 쌍줄로 흘리고서 주먹을 겨누어 보인다. 아기는 바르르 떨면서 눈을 꼭 감고 눈물을 좔좔 흘리고 있다.

"그러구 자라, 이 계집애."

칠운이는 아기 옆에 엎어지고, 한 손으로 그의 허리를 꼬집어 당긴다.

"어마이, 난 여기 자꾸자꾸 아파서 아기 못 보겠다 야씨…… 흥."

코를 혀끝으로 빨아올리면서 칠운이는 이렇게 중얼거렸다. 그 눈에 졸음이 가득하더니. 그만 씩씩 자 버린다.

칠성이는 무심히 이 꼴을 보고 봉당으로 들어섰다.

"엄마!"

자는 줄 알았던 아기가 눈을 동글하게 뜨고 오빠를 바라본다. 칠성이는 머리끝이 쭈뼛하도록 놀랐다. 해서 얼결에 발을 들어 찰 것처럼 하고 눈을 딱 부릅떠 보이니, 아기는 그 얇은 입술을 비죽비죽하며 눈을 감는다.

"엄마! 엄마!"

아기는 그 입으로 이렇게 부르고 울었다. 칠성이는 방으로 들어와서 빙빙 돌다가 뒤뜰로 나와 큰년이가 아직도 그 자리에 서 있으면 하고, 바자를 가만히 뻐개고 들여다보니. 큰년이는 보이지 않고 빨래만이 가득히 널려 있었다.

방으로 들어와서 벽에 걸린 동냥자루를 한참이나 바라보면서 큰년의 옷감 끊어다 줄 궁리를 하고, 그러면 큰년이와 그의 부모들도 나에게로 뜻이 옮겨질지 누가 아나 하고, 동냥자루를 벗겨 메구서 밀짚모를 비스듬히 젖혀 쓴 다음에 방문을 나섰다. 눈결에 보니 아기는 무엇을 먹고 있으므로, 그는 머리를 한 번 넘석하여 보았다. 아기는 띠 동인 데서 벗어 나와 아궁 곁에 오줌을 눈 듯한데, 그 오줌을 쪽쪽 핥아 먹고 있다.

"이애! 이 계집애."

칠성이는 이렇게 버럭 소리를 지르고 밖으로 나왔다. 뜨거운 물속에 들어서는 듯 전신이 후끈하였다. 신작로에 올라서며 그는 옷을 바로 하고 모자를 고쳐 쓰고 아주 점잖은 양하였다. 이제부터는 이래야 할 것 같다. 에헴! 하고 큰기침도 하여 보고 걸음도 천천히 걸으려 했다. 이러면 애들도 달려들지 못하고, 어른들도 놀리지 못할 테지, 할 때 큰년이가 떠오른다. 슬며시 돌아보니, 벌써 그의 마을은 보이지 않고 수수밭이 탁 막아섰다. 수수밭 곁으로 다가서니, 싱싱한 수숫잎 냄새가

혹 끼치고, 등허리가 근질근질하게 땀이 흘러내린다. 두어 번 몸을 움직이고 어디라 없이 바라보았다.

수수밭 머리로 파랗게 보이는 저 불타산은 몇 발걸음 옮기면 올라갈 듯이 그렇게 가까워 보인다. 그의 집 창문 곁에 비켜서서 맘 놓고 바라볼 수 있는 것은 저 산이요, 또 이런 수수밭 머리에서 숨어 가며 바라볼 수 있는 것도 저 산이다.

그는 한숨을 푹 쉬었다. 언제나 저 산을 바라볼 때엔 흩어졌던 마음이 한데 모이는 듯하고, 또한 깜박 잊었던 옛날 일이 한두 가지 생각되곤 하였다.

먼 산에 아지랑이 아물아물 기는 어느 봄날, 그는 자리에서 일어나 창문 곁에 서니, 동무들이 조그만 지게를 지고 지팡이를 지게에 끼웃이[51] 꽂아 가지고 열을 지어 산으로 가고 있다. 어찌나 부럽던지 한숨에 뛰어나와서 우두커니 바라볼 때, 언제나 나도 이 병이 나아서 재들처럼 지팡이를 저리 꽂아 가지고 나무하러 가 보나, 난 어른이 되면 저 산에 가서 이런 굵은 나무를 탕탕 찍어서 한 짐 잔뜩 지고 올 테야.

여기까지 생각한 그는 흠 하고 코웃음 쳤다. 뼈 마디마디가 짜릿해 오고 가슴이 죄어지는 것 같다. 두어 번 머리를 설레설레 흔들고 터벅터벅 걸었다. 지금 그의 앞엔 큰년이가 있을 따름이다.

이틀 후.

칠성이는 그의 마을로부터 육 리나 떨어져 있는 송화읍 어귀에 우두커니 서 있었다. 읍에 와서 돌아다니나 수입이 잘되지 않으므로 이렇게 송화읍까지 오게 되었고, 그래서야 겨

---

51 한쪽으로 조금 기울어진 모양.

우 큰년의 옷감을 인조견으로 바꾸어 가지고 돌아오는 길이었던 것이다.

이 밤이나 어디서 지낼까 망설이나, 어서 빨리 이 옷감을 큰년의 손에 쥐어 주고 싶은 마음, 또는 큰년의 혼사 사건이 궁금하고 불안해서 그는 가기로 결정하고 걸었다.

쳐다보니, 별도 없는 하늘, 검정 강아지 같은 어둠이 눈 속을 아물아물하게 하는데, 웬일인지 마음이 푹 놓이고 어떤 희망으로 그의 눈은 차차로 열렸다. 산과 물은 그의 맘속에 파랗게 솟아 있는 듯, 그렇게 분명히 구별할 수 있고, 신작로에 깔린 자갈돌은 심심하면 장난치기 알맞았다.

사람들이 연락부절하고 자동차가 먼지를 피우며 달아나는 그 낮길보다는 오히려 이 밤길이 그에게는 퍽 좋게 생각되었다. 그래서 다리 아픈 것도 모르고 걸었다.

가다가 우뚝 서면 산 냄새 그윽하고, 또 가다가 들으면 물소리 돌돌 하는데, 논물 냄새 확 풍기고, 간혹 산새 울음 끊었다 이어질 제, 멀리 깜박여 오는 동네의 등불은 포르릉 날아오는 것 같다가도 다시 보면 포르릉 날아간다.

그가 숨을 크게 쉴 때마다 가슴에 품겨 있는 큰년의 옷감은 계집의 살결 같아 조약돌을 밟는 발가락이 짜르르 울리었다. "고것 어떡하나?" 그는 무의식간에 입을 쩍 벌리고 무엇을 물어 당길 것처럼 하였다. 지금 큰년이와 마주 섰던 것을 그려 본 것이다. 이제 가서 옷감을 들려 주면 큰년이는 너무 좋아서 그 가무레한 눈썹 끝에 웃음을 띠울 테지. 가슴은 소리를 내고 뛴다.

차츰 동녘 하늘이 바다와 같이 훤해 오는데, 난데없는 빗방울이 뚝뚝 떨어진다. 그는 놀라 자꾸 뛰었으나 비는 더 쏟아지고, 멀리서 비 몰아오는 소리가 참새 무리들 건너듯 했다. 그는 어쩔까 잠시 망설이다가, 빗발에 묻히어 어림해 보이는 저 동리로 부득이 발길을 옮겼다. 큰년의 옷감이 아니면 이 비를 맞으면서도 가겠으나, 모처럼 끊은 이 옷감이 비에 젖을 것이 안 되어 동네로 발길을 옮긴 것이다.

한참 오다가 돌아보니 신작로가 뚜렷이 보이고, 어쩐지 마음이 수선해서 발길이 딱 붙는 것을 겨우 떼어 놓았다.

동네까지 오니, 비에 젖은 밀짚 내음 콜콜 올라오고, 변소 옆을 지나는지 거름 내가 코밑에 살살 기고 있다. 그는 어떤 집 처마 아래로 들어섰다. 몸이 오슬오슬 춥고 눈이 피로해서 바싹 벽으로 다가서서 웅크리고 앉았다. 그의 마을 앞에 홰나무가 보이고, 큰년이가 나타나고…… 눈을 번쩍 떴다.

빗발 속에 날이 밝았는데, 먼 산이 보이고 또 지붕이 웅기종기 나타나고, 낙숫물 소리 요란하고, 그는 용기를 내어 일어나 둘러보았다.

그가 서 있는 이 집이란 돈푼이나 좋이 있는 집 같았다. 우선 벽이 회벽으로 되었고, 지붕은 시커먼 기와로 되었으며 널빤지로 짠 문의 규모가 크고 또 주먹 같은 못이 툭툭 박힌 것을 보아 짐작할 수 있었다. 그의 얼었던 마음이 다소 풀리는 듯하였다.

흰 돌로 된 문패가 빗소리 속에 적적한데 칠성이는 눈썹 끝이 희어지도록 이 문패를 바라보고 생각을 계속하였다. '오냐, 오늘은 내게 무슨 재수가 들이닿나[52] 보다. 이 집에서 조반이나 톡톡히 얻어먹고 돈이나 쌀이나 큼직이 얻으리라……'

---

52 막 와서 닿다.

얼른 눈을 꾹 감아 보고, '눈도 먼 체할까. 그러면 더 불쌍하게 봐서 쌀이랑 돈을 더 줄지 모르지.' 애써 눈을 감고 한참을 견디려 했으나 눈등이 간지럽고 속눈썹이 자꾸만 떨리고 흰 문패가 가로세로 나타나고, 못 견디어 눈을 뜨고 말았다.

어떡하나 내 옷이 너무 희지, 단숨에 뛰어나와서 흙물에 주저앉았다가 일어나 섰던 자리로 왔다. 아까보다 더 춥고 입술이 떨린다. 그는 대문 틈에 눈을 대고 안을 엿보려 할 때, 신발 소리가 절벅절벅 나므로, 날래 몸을 움직이어 비켜섰다. 대문은 요란스러운 소리를 내고 열렸다. 언제나처럼 칠성이는 머리를 푹 숙이고 어떤 사람의 시선을 거북스레 느꼈다.

"웬 사람이야?"

굵직한 음성. 머리를 드니 사내는 눈이 길게 찢어졌고, 이 집의 고용인인 듯 옷이 캄캄하다.

"한술 얻어먹으러 왔슈."

"오늘은 첫새벽부터야."

사내는 이렇게 지껄이고 나서 돌아서 들어간다. 이 집의 인심은 후하구나. 다른 집 같으면 으레 한두 번은 가라고 할 터인데 하고, 어깨가 으쓱해서 안을 보았다.

올려다보이는 퇴[53] 위에 높직이 앉은 방은 사랑인 듯했고, 그 옆으로 조그만 대문이 좀 비딱해 보이고, 그리고 안채 대청마루가 잠깐 보인다. 사랑채 왼편으로 죽 달려 이 문간에 와서 멈춘 방은 얼른 보아 창고인 듯, 앞으로 밀짚 낟가리들이 태산같이 가리어 있다. 밀짚대에서 빗방울이 다롱다롱 떨어진다. 약간 누른빛을 띠었다. 뜰이 휘휘하게 넓은데 빗물이 골

53　툇마루.

이 져서 흘러내린다.

저리로 들어가야 밥술이나 얻어먹을 텐데, 그는 빗발 속에 보이는 안대문을 바라보고 서먹서먹한 발길을 옮겼다. 중대문을 들어서자, 안채 부엌으로부터 개 한 마리가 쏜살같이 달려 나온다. 으르렁하고 달려들므로 그는 개를 어를 양으로 주춤 물러서서 혀를 쩍쩍 채었다. 개는 날카로운 이를 내놓고 뛰어오르며 동냥자루를 즉 물고 늘어진다. 그는 아찔하여 소리를 지르고 중문 밖으로 튀어나오자, 사랑에 사람이 있나 살피며 개를 꾸짖어 줬으면 했으나 잠잠하였다. 개는 눈을 뒤집고서 앞발을 버티고 뛰어오른다. 칠성이는 동냥자루를 입에 물고 몸을 굽혔다 폈다 하다가도 못 이겨서 비슬비슬 쫓겨 나왔다. 개는 여전히 따라 큰 대문에 와서는 칠성이가 용이히 움직이지 않으므로 으르렁 달려들어 잠방이 가랑이를 물고 늘어진다. 그는 악 소리를 지르고 달아 나왔다. 아까 나왔던 사내가 안으로부터 나왔다.

"워리 워리."

개는 들은 체하지 않고 삐죽한 주둥이로 자꾸 짖었다. 저놈의 개를 죽일 수가 없을까 하는 마음이 부쩍 일어 그는 휘돌아서서 노려볼 때 사내는 손짓을 하여 개를 부른다. 그러니 개는 슬금슬금 물러나면서도 칠성에게서 눈을 떼지 않았다.

갑자기 속이 메슥거리고 등짝이 오싹하더니 온몸에 열이 화끈 오른다. 개를 찾았으나 보이지 않고, 큰 대문만이 보기 싫게 버티고 있었다. 또 가 볼까 하는 마음이 다소 머리를 드나, 그 개를 만날 것을 생각하니 진저리가 났다. 해서 단념하고 시죽시죽 걸었다.

비는 바람에 섞이어 모질게 갈겨 치고, 나무 흔들리는 소리 도랑물 흐르는 소리에 귀가 뺑뺑할 지경이다. 붉은 물이 이리 몰리고 저리 몰리는 그 위엔 밀짚이 허옇게 떠 있고, 파랑새 같은 나뭇잎이 뱅글뱅글 떠돌아 간다.

비에 젖은 옷은 사정없이 몸에 착 달라붙고 지동[54] 치듯 부는 바람결에 숨이 흑흑 막혔다. 어쩔까 하고 둘러보았으나 집집이 문을 꼭 잠그고 아침 연기만 풀풀 피우고 있다. 혹 빈 집이나 방앗간 같은 게 없나 했으나 눈에 뜨이지 않고, 무거운 눈엔 그 개가 자꾸만 어른거리고 또 뒤에 다그쳐 오는 것 같다. 개에게 찢긴 잠방이 가랑이가 걸음에 따라 너덜너덜하여 그의 누런 다리 마디가 훤히 들여다보이고, 푹 눌러쓴 밀짚모에선 방울져 떨어지는 빗방울이 눈물같이 건건한 것을 입술에 느꼈다. 문득 그는 큰년의 옷감이 젖는구나 생각되자 소리를 내어 칵 울고 싶었다.

그는 우뚝 섰다. 들은 자욱하여 어디가 산인지 물인지 분간할 수 없고, 곡식대들이 미친 듯이 날뛰는 그 속으로 무슨 큰 짐승이 윙윙 우는 듯한 그런 크고도 굵은 소리가 대지를 울린다.

지금 그는 빗발에 확확 일어나는 어떤 반항을 전신에 느끼면서 마음만은 앞으로 앞으로 가고 싶은데, 발길이 딱 붙고 떨어지지 않는다. 바라보니 동네도 거반 지나온 셈이요, 앞으로 조그만 집이 두셋 남아 있다. 그리로 발길을 돌렸으나 들에 미련이 남아 있는 듯 자주자주 멍하니 들을 바라보았다.

그가 개에게 쫓긴 것은 이번뿐이 아니오, 때로는 같은 사람한테도 학대와 모욕을 얼마든지 당하였건만, 오늘 일은 웬

54 지진.

113

일인지 견딜 수 없는 분을 일으키게 된다.

"이 친구 왜 그러구 섰수."

그는 놀라 보니, 자기는 어느덧 조그마한 집 앞에 섰고 그 조그만 집은 연자간[55]이라는 것을 알았다. 머리를 넘석하여 내다보는 사내는 얼른 보아 사오십 되었겠고 자기와 같은 불구자인 거지라는 것을 즉석에서 알았다. 사내는 쫑긋이 웃는다. 그는 이리 찾아오고도 저 사내를 보니 들어가고 싶지 않아 머뭇거리다가도 하는 수 없이 들어갔다. 쌀겨 내음 가득히 흐르는 그 속에 말똥내도 훅훅 풍겼다.

"이리 오우, 저 옷이 젖어서 원……."

사내는 나무다리를 짚고 일어나서 깔고 앉았던 거적자리를 다시 펴고 자리를 내놓고 비켜 앉는다. 칠성이는 얼른 희뜩희뜩 센 머리털과 수염을 보고 늙은 것이 내 동냥해 온 것을 뺏으려나 하는 겁이 나고 싫어졌다.

"그 옷 땜에 칩겠수. 우선 내 헌 옷을 입고 벗어서 말리우."

사내는 그의 보따리를 뒤적뒤적하더니,

"자 입소. 이리 오우."

칠성이는 돌아보았다. 시커먼 양복인데 군데군데 기운 것이다. 그 순간 어디 좋은 옷 얻었는데, 나도 저런 거나 얻었으면 하면서 이상한 감정에 싸여 사내의 웃는 눈을 정면으로 보았을 때 동냥자루나 뺏을 사람 같지 않았다. 그는 머리를 숙이고 소매에서 떨어지는 물방울을 보았다. 사나이는 나무다리를 짚고 이리로 온다.

"왜 이러구 섰우. 자 입으시우."

55 연자매로 곡식을 찧는 방앗간.

"아, 아니유."

칠성이는 성큼 물러서서 양복저고리를 보았다. 태어나서 생전 입어 보지 못한 그 옷 앞에 어쩐지 가슴까지 두근거린다.

"허! 그 친구 고집 대단한데, 그럼 이리 와 앉기나 해유."

사내는 그의 손을 끌고 거적자리로 와서 앉힌다. 눈결에 사내의 뭉퉁한 다리를 보고 못 본 것처럼 하였다.

"아침 자셨수."

칠성이는 이자가 내 동냥자루에 아침 얻어 온 줄을 알고 이러는가 하며, 힐끔 동냥자루를 보았다. 거기에서도 물이 떨어지고 있다.

"아니유."

사내는 잠잠하였다가,

"안되었구려. 뭘 좀 먹어야 할 터인데……."

사내는 또 무슨 생각을 하는 듯하더니 그의 보따리를 뒤진다.

"자, 이것 적지만 자시유."

신문지에 싼 것을 내들어 펴 보인다. 그 종이엔 노란 조밥이 고실고실 말라 가고 있다.

밥을 보니 구미가 버쩍 당기어 부지중에 손을 내밀었으나 손이 말을 안 듣고 떨리어서 흠칫하였다. 사내는 이 눈치를 채었음인지, 종이를 그의 입 가까이 갖다 대고,

"적어 안되었수."

부끄럼이 눈썹 끝에 일어 칠성이는 눈을 내리뜨고 애꿎이 코를 들이마시며 종이를 무릎에 놓고 입을 대고 핥아 먹었다. 신문지 냄새가 이 사이에 나들고 약간 쉰 듯한 밥알이 씹을수록 고소하였다. 입맛을 다실 때마다 좀 더 있으면 하는 아쉬운

마음이 혀끝에 날름거리고 사내 편을 향한 귓바퀴가 어쩐지 가려운 듯 따가움을 느꼈다.

"적어서 원⋯⋯."

사내의 이러한 말을 들으며 신문지에서 입을 떼고 히 하고 웃어 보이었다. 사내도 따라 웃고 무심히 칠성의 다리를 보았다.

"어디 다쳤나 보! 피가 나우."

허리를 굽히어 들여다본다. 칠성은 얼른 아픔을 느끼고 들여다보니, 잠방이 가랑이에 피가 빨갛게 묻었고, 다리엔 방금 선혈이 흐르고 있다. 별안간 속이 묵직해서 그는 다리를 움츠리고 머리를 들었다. 바람결에 개 비린내 같은 것이 흠씬 끼친다.

"개 개한테 그리되었지우."

"아, 그 기와집 가셨수⋯⋯ 그놈네, 개를 길러도 흉악한 개를 기르거든 흥! 돈 있는 놈이라도 모두 같은 놈이 아니우, 어디 이리 내놓우. 개에게 물린 것이 심상히 여길 것이 못 되우."

사내는 그의 다리를 잡아당기었다. 그는 얼른 다리를 치우면서도 형용할 수 없는 울분이 젖은 옷에까지 오싹오싹 기어오르고 콧속이 싸해서 몇 번 코를 움직일 때, 뜻하지 않은 눈물이 주르르 흘러내린다. 사나이는 이 눈치를 채고 허허 웃으면서 그의 등을 가볍게 두드렸다.

"이 친구 우오. 울기로 하자면⋯⋯ 허허 울어선 못쓰오. 난 공장에서 생생하던 이 자리가 기계에 물려 이리되었소만, 지금 세상이 어떤 줄 아시우."

칠성이는 머리를 번쩍 들어 사내를 바라보니 눈에 분노의

빛이 은은하였다. 다시 다리로 시선이 옮겨질 때 가슴이 턱 막히고 목에 무엇이 가로걸리는 것 같아, 시름없이 머리를 숙이고 무심히 부드러운 먼지를 쥐어 상처에 발랐다.

"아이고! 먼지를 바르면 되우?"

사내는 칠성이 손을 꽉 붙들었다. 칠성이는 어린애같이 히 웃고 나서,

"이러면 나유."

"아 원, 그런 일 다시는 하지 마우. 약이 없으면 말지, 그런 일 하면 되우? 더 성나서 앓게 되우."

칠성이는 약간 무안해서 다리를 움츠리고 밖을 바라보았다. 사내는 또다시 무슨 생각에 깊이 잠기는 것 같다.

바람이 비를 안고 싸싸 밀려들고, 천장에 수없는 거미줄은 끊어져 연기같이 나부꼈다. 바라뵈는 버드나무의 잎은 팔팔 떨곤 아래로 시뻘건 물이 촬촬 소리를 내고 흐른다. 어깨 위가 어쩔해서 돌아보면 큰 매통이 쌀겨를 뽀얗게 쓰고서 얼음 같은 서늘한 기를 품품 피우고 있다.

"배 안의 병신이우?"

사내는 문득 이렇게 물었다. 칠성이는 머리를 숙이고 머뭇머뭇하다가,

"아 아니유."

"그럼 앓다가 그리되었구려…… 약 써 봤수?"

칠성이는 또다시 말하기가 힘든 듯이 우물쭈물하고 다리만 보았다. 한참 후에,

"아 아니유, 못 못 썼어유."

"흥! 생다리도 꺾이는 지경인데, 약 못 쓰는 것쯤이야, 허허."

사내는 허공을 향하여 웃는다. 그 웃음소리에 소름이 오싹 끼쳐 힐끔 사내를 보았다. 눈을 무섭게 뜨고 밖을 내다보는데, 이마엔 퍼런 힘줄이 불쑥 일었고, 입은 꼭 다물고 있다.

"허, 치가 떨려서. 내 왜 그리 어리석었던지. 지금만 같으면, 지금이라면 죽더라도 해 볼걸. 왜 그 꼴이었어! 흥!"

칠성이는 귀를 밝혀 이 말을 새겨들으려 했으나 무엇을 의미한 말인지 알 수가 없었다. 사내는 칠성이를 돌아보았다. 눈 아래 두어 줄의 주름살이 돌아가신 그의 아버지와 흡사했다.

"이 친구, 나도 한 가정을 가졌던 놈이우. 공장에선 모범 공인이었구. 허허 모범 공인! 다리가 꺾인 후에 돈 한 푼 못 가지고 공장에서 나오니, 계집은 달아나고, 어린것들은 배고파 울고, 부모는 근심에 지레 돌아가시구…… 허 말해서 뭘 하우. 우리를 이렇게 못살게 하는 놈이 저 하늘인 줄 아우? 이 땅인 줄 아우?"

사내는 칠성이를 딱 쏘아본다. 어쩐지 칠성의 가슴은 까닭 없이 두근거려 차마 사내를 정면으로 보지 못하고 꺾인 다리를 보았다. 그리고 사내의 다리 밑에 황소같이 말없는 땅을 보았다.

"아니우, 결코 아니우. 비록 우리가 이 꼴이 되었는지 알아야 하지 않소…… 내 다리를 꺾게 한 놈두, 친구를 저런 병신으로 되게 한 놈두, 다 누구겠소? 알아들었수? 이 친구."

사나이의 이 같은 말은 칠성의 뼈끝마다 짤짤 저리게 하였고 애꿎은 하늘과 땅만 저주하던 캄캄한 속에 어떤 번쩍하는 불빛을 던져 주는 것 같으면서도 다시 생각하면 아찔해지고 팽팽 돌아간다. 무엇인가 묻고 싶어 머리를 번쩍 들었으나 입이 꼭 붙고 만다. 그는 시름없이 하늘을 물끄러미 보았다.

어느덧 밖은 안개비로 자욱하였고, 먼 산이 눈물을 머금고, 구불구불 솟아 있으며, 빗소리에 잠겼던 개구리 소리가 그의 동네 앞인가도 싶게 했고, 또한 큰년의 뒷매[56]가 홰나무 아래 어른거려 보인다. 칠성이는 부스스 일어났다.

"난, 난 집에 가겠수."

사내도 따라 일어난다.

"아, 집이 있수? ……가 보우."

칠성이는 머리를 드니 사내가 곁에 와서 밀짚모를 잘 씌워 주고 빙긋이 웃는다. 어머니를 대한 것처럼 어딘가 모르게 의지하고 싶은 생각과 믿는 마음이 들었다.

"잘 가우…… 세월 좋으면 또 만나지."

대답 대신으로 그는 마주 웃어 보이고 걸었다. 한참이나 오다가 돌아보니 사내는 우두커니 서 있다. 주먹으로 눈을 닦고 보고 또 보았다.

길 좌우에 늘어앉은 조밭 수수밭은 이랑마다 물이 충충했고, 조 이삭, 수수 이삭이 절반 넘어져 물에 잠겨 있다. 올해도 흉년이구나 할 때, 어디서 "맹" 하니 또 어디서 "꽁" 하는 소리가 들렸다. 저 멀리 귀 시끄럽게 우짖는 개구리 소리는 무심한데, 이제 그 어딘가 곁에서 "맹꽁" 하는 그 소리는 사람의 음성같이 무게가 있었다.

안개비 나실나실 내려온다. 조금 말라 오려던 옷이 또 촉촉이 젖고, 눈썹 끝에 안개비 엉기어 마음까지 묵중하고 알 수 없는 의문이 뒤범벅이 되어 돌아간다.

그가 그의 마을까지 왔을 때는 다시 빗발이 굵어지고 바

---

56 뒤로 드러나 보이는 모양새.

람이 슬슬 불기 시작하였다. 언제나 시원해 보이는 홰나무도 찡그린 하늘 아래 우울해 있고, 동네 뒤로 나지막이 둘려 있는 산도 빗발에 묻히어 잘 보이지 않았다. 그러나 큰년이가 물동이를 이고 이 비를 맞으면서도 저 산 아래 박우물로 달려가지나 않나 하는 생각이, 집집의 울바자며 채마밭의 긴 바자가 차츰 선명히 보일 때 선뜻 들어 그의 발길을 허둥거렸다.

집에까지 오니 어머니는 눈물이 그득해서 나왔다.

"이놈아, 어미 기다릴 것도 생각지 않고 어딜 그리 다니느냐."

어머니는 동냥자루를 받아 쥐고 쿨쩍쿨쩍 울었다. 칠성이가 잠잠히 방으로 들어오니, 빗물 받는 그릇이 절반을 차지했고 뚝뚝 들리는 빗소리가 장단 맞춰 났다. 칠성이는 그만 우두커니 서서 어쩔 줄을 몰랐다. 몸은 아까보다 더 춥고 떨리어서 견딜 수 없다.

칠운이와 아기는 아랫목에 누워 있고 아기 머리엔 무슨 헝겊으로 허옇게 싸매 있었다. 그들의 그 작은 몸에도 빗방울이 간혹 떨어진다.

"아무 데나 앉으렴. 어쩌겠니…… 에그, 난 어젯밤 널 찾아 읍에 가서 밤새 싸다니다 왔다. 오죽해야 술집 문까지 두드렸겠니. 이놈아, 어딜 가면 간다고 하지 이게 뭐니."

이번에는 소리까지 내어 운다. 남편을 잃은 뒤 그나마 저 병신 아들을 하늘같이 중히 의지해 살아가는 어머니의 마음을 엿볼 수가 있다. 칠운이는 울음소리에 벌떡 일어났다.

"성 왔네! 성 왔네!"

눈을 잔뜩 움켜쥐고 뛰었다. 그 통에 파리는 우글우글 끓고, 아기까지 키성키성 보챈다. 칠운이는 두 손으로 눈을 비비고 형을 보려다가는 못 보고 또 비비다.

"이 새끼야, 고만두라구. 그러니 더 아프지. 에그 너 없는 새 저것들이 자꾸만 앓아서 죽겠다. 거게다 눈까지 덧치니, 그런데 이 동리는 웬일이냐. 지금 눈병 때문에 큰일이구나. 아이 어른 모두 눈병에 걸려 눈을 못 뜬다."

칠성이는 지금 아무 말도 귀에 거치지 않고. 비 새지 않는 곳에 누워 한잠 푹 들고 싶었다. 칠운이는 마침내 응응 울다가 무슨 생각을 하고 뒷문 밖으로 나가더니 오줌을 내뻗치며 그 오줌을 눈에 바른다.

"잘 발라라. 눈등에만 바르지 말고 눈 속에까지 발러…… 저것도 널 보고 반가워서 저리도 눈을 뜨려누나. 어제는 성아 성아 찾더구나."

어머니는 또 운다. 칠성이는 등에 선뜻 떨어지는 빗방울을 피하여 앉으니, 이번에는 콧등에 떨어져 입술에 흐른다. 그는 콧등을 후려치고 화를 버럭 내었다.

"제 제길"

"글쎄 비는 왜 오것니. 바람이나 불지 말아야 할 터인데, 저 바람! 기껏 키운 조는 다 쓰러져 싹이 나겠구나. 아이구 이 노릇을 어찌해야 좋으냐. 하느님 맙시사."

두 손을 곧추들고 애걸한다. 그예 머리는 비에 젖어 이기어 붙었고, 눈은 눈곱에 탁 엉키었고, 그 속으로 핏줄이 뻘겋게 일어 눈이 시큼해서 바라볼 수 없는데, 시커먼 옷에 천장 물이 어룽어룽 젖었다.

칠성이는 얼른 샛문 턱에 걸터앉아 눈을 딱 감아 버렸다. 눈이 자꾸만 피곤하고 그래선지 속눈썹이 가시 같아 눈 속을 꼭꼭 찌른다.

그는 눈을 두어 번 굴렸을 때 문득 방앗간이 떠오른다.

"어제 개똥네 논에 동이 터졌는데 전부 쓸려 나갔다누나. 에구 무서워. 저게 무슨 바람이냐. 저 바람! 우리 밭은 어쩌나."

어머니는 밖으로 뛰어나간다. 칠운이는 울면서 따르다가 문턱에 걸려 공중으로 나가넘어지고 시재 가르려는 소리를 하였다. 칠성이는 눈을 부릅떴다.

"저 저놈의 새끼, 주 죽이고 말까 부다."

어머니는 얼른 칠운이를 업고 물러나서 정신없이 밖을 바라보고, 또 나갔다가 들어왔다. 칠운이를 때리다가 중얼중얼하며 돌아간다.

칠성이는 이 꼴이 보기 싫어 모로 앉아 눈을 감았다. 무엇에 놀라 눈을 뜨니, 아랫목에 누워 할락할락하는[57] 아기가 일어나려다 쓰러지고 소리 없는 울음을 입으로 운다. 머리를 갈자리에 비비다가도 시원치 않은지 손이 올라가서 헝겊을 쥐고 박박 할퀴는 소리란 징그러워 들을 수 없었다.

칠성이는 눈을 안 뜨자 하다가도 어느새 문득 뜨게 되고 아기의 저 노란 손가락이 머리를 쥐어뜯는 것을 보게 된다. 조놈의 계집애는 죽었으면! 하면서 눈을 감는다.

바람은 점점 더 세차게 분다. 살구나무 꺾이는 소리가 뚝뚝 나고, 집 기둥이 쏠리는지 씩걱 쿵! 하는 소리가 샛문에 울렸다. 칠운이는 방으로 들어와서 눕는다.

"성아, 내일은 눈약두 얻어 오렴. 개똥이는 저 아버지가 읍에 가서 눈약 사 왔다는데, 그 약을 넣으니까 눈이 낫더더라

---

57 숨을 조금 가쁘게 잇따라 쉬다.

웅야."

칠성이는 잠잠히 들으며, 얼른 가슴에 품겨 있는 큰년의 옷감을 생각하였다. 차라리 눈약이나 사 올 것을 하는 마음이 잠깐 들었으나 사라지고, 어떻게 큰년에게 이 옷감을 들려 줄까 하였다.

부엌에서 성냥 긋는 소리가 들리더니 어머니가 들어온다,

"아궁에 물이 가득하니 이를 어쩌냐. 저것들도 아무것도 못 먹었는데…… 너두 배고프겠구나."

이런 말을 하고 밖으로 나가더니 곧 뛰어 들어온다.

"큰년네 논두 동[58]이 터졌단다. 그리 튼튼하던 동두, 저를 어쩌니."

칠성이는 눈을 둥그렇게 떴다.

"좀 자려무나 요 계집애야. 왜 자꾸만 머리를 뜯니. 조놈의 계집애는 며칠째 안자고 새웠단다. 개똥 어머니가 쥐 가죽이 약이라기에 쥐를 잡아 저리 붙였는데 자꾸만 떼려구 저러니, 아마 나으려구 가려운 모양이지."

그렇다고 해 줘야 어머니는 맘이 놓일 모양이다. 큰년네 말에 칠성이는 눈을 떴는데 딴 푸념을 하니 듣기 싫었다. 하나 꾹 참고,

"그래, 큰년네두 논이 떴대?"

"그래! 젖이 안 나니……."

어머니는 연방 애기를 보고 그의 젖을 주물러 본다. 명주 고름끈같이 말큰거린다.

아기는 점점 더 할딱할딱 숨이 차 오고 이젠 손을 놀릴 기

58 크게 쌓은 둑.

운도 없는지 손이 귀밑으로 올라가고는 맥을 잃고 다르르 굴러떨어진다. 어머니는 바람 소리를 듣더니,

"이젠 우리 조는 못쓰게 되었겠다! 큰년네 논이 뜨는데 견디겠니…… 참 큰년이는 복 좋아, 글쎄 이런 꼴 안 보렴인지 어제 시집갔단다."

"큰년이가?"

칠성이는 버럭 소리쳤다. 그의 가슴에 고이 안겨 있던 큰년의 옷감은 돌같이 딱 맞질린다. 어머니는 아들의 태도에 놀라 바라보았다.

"어마이 저것 봐!"

칠운이는 뛰어 일어나서 응응 운다. 그들은 놀라 일시에 바라보았다.

아기는 언제 그 헝겊을 찢었는지 반쯤 헝겊이 찢어졌고, 그리로부터 쌀알 같은 구더기가 설렁설렁 내달아 오고 있다.

"아이구머니 이게 웬일이야 응, 이게 웬일이어."

어머니는 와락 기어가서 헝겊을 잡아 걷으니 쥐 가죽이 딸려 일어나고 피를 문 구더기가 아글바글 떨어진다.

"아가 아가 눈 떠, 눈 떠라 아가!"

이 같은 어머니의 비명을 들으며 칠성이는 "엑!" 소리를 지르고 우둥퉁 밖으로 나와 버렸다.

비는 좍좍 쏟아지고 바람은 미친 듯 몰아치는데, 거기에 우르릉 쾅쾅 하고 하늘이 울고 번갯불이 제멋대로 쭉쭉 찢겨 나가고 있다.

칠성이는 묵묵히 저 하늘을 노려보고 있었다.

《조선일보》, 1936. 3. 12. ~ 1936. 4. 3.

어둠

툭 솟은 광대뼈 위에 검은빛이 돌도록 움쑥 팬 눈이 슬그머니 외과실을 살피다가 환자가 없음을 알았던지 얼굴을 푹 숙이고 지팡이에 힘을 주어 붕대 두른 다리를 철철 끌고 문안으로 들어선다.

오래 깎지 못한 머리카락은 남바위나 쓴 듯이 이마를 덮어 꺼칠꺼칠하게 귀밑까지 흘러내렸으며 땀에 어룽진 옷은 유지같이 싯누래서 몸에 착 달라붙어 뼈마디를 환히 드러내고 있다. 소매로 나타난 수숫대 같은 팔에 갑자기 뭉퉁하게 달린 손이 지팡이를 힘껏 다궈[59] 쥐었다. 금방 뼈마디가 허옇게 나올 것 같다.

의사는 회전의자에 앉아 의서를 보다가 흘끔 돌아보았으나 못 볼 것을 본 것처럼 얼른 머리를 돌리고 검실검실한 긴 눈썹에 싫은 빛을 푸르르 깃들이고서 여전히 책에 열중한 체한다. 저편 침대 곁에서 소곤소곤 지껄이던 간호부들은 입을

[59] 단단하게.

다물고 우두커니 서 있다. 그중에 제일 나이 들어 보이는 간호부가 환자를 바라보자 얼굴이 해쓱해서 '오빠!' 하고 부르려 했으나 다시 보니 오빠는 아니었다. 가시로 버티는 듯한 눈을 억지로 내리떴다. 마룻바닥은 캄캄하였다. 귀가 울고 가슴이 달막거린다. 꼭 오빠였다. 조금도 틀림없는 오빠였다. 한데 눈한 번 깜박일 새 그가 제일 싫어하는 무료과의 입원한 환자가아니었던가. 내가 미쳤나, 소리를 쳤더라면 어쩔 뻔했어, 하고 다시 환자를 바라보았다. 오빠는 저러한 불쌍한 사람을 위하여 목숨까지 바친 셈인가! 이러한 생각이 불쑥 일어나자 그의 조그만 가슴이 화끈 뜨거워진다. 그는 얼른 알콜 십뿌(찜질 수건)를 가지고 환자의 곁으로 가서 붕대에 손을 대었다. 오빠는 참으로 이런 사람을 위했음인가? 머리가 어찔해지고 손끝이 포들포들 떨린다. 풀리는 붕대에서는 살 썩은 내가 뭉클뭉클 일어난다. 참말 오빠는 사형을 당하였어, 거짓 소리가 아닐까. 손은 환부를 꾹 눌러 누런 고름을 뽑으면서 맘으로는 이리 분주하였다.

빨건 피가 고름에 섞여 주르르 흘러내린다. 그는 손에 힘을 주었다, 퉁퉁 부은 환부에 손이 옴쑥 들어가며 다리뼈 마디에 맞질린다. 발그레한 손끝에 피와 고름이 선뜻 묻는다. 오빠의 얼굴이 선히 떠오른다. 오빠는 목숨까지 바쳤거든 나는 요만 병자를 대하기도 싫어했구나. 눈이 캄캄해지고 형용할 수 없는 감격이 토실히 부은 그의 눈등에까지 흔흔히 올라오고 있다.

고름은 멈춰지고 피만 흐르매 알콜 십뿌로 환부를 박박 문지르고 핀셋으로 니바노루 가제를 집어 어웅한[60] 환부 속

---

60 구멍 따위가 쑥 우므러져 들어가 있다.

을 헤치고 깊이 밀어 넣은 다음에 소독한 가제에다 부로시 십
뿌를 싸서 환부에 덮고 노란 유지를 놓아 붕대해 주었다. 환자
는 이마에 흐르는 땀을 손등으로 부비치고 나서 지팡이를 짚
고 일어나 나간다. 땀내에 머리카락 쉰내인 듯한 냄새가 후끈
끼친다. 그는 물러났다. 적삼깃을 쓰적이는[61] 환자의 머리털
이며 고름을 이겨 붙여 말린 듯한 잠방이 밑, 저는 필시 부모
도 처자도 없는 게로구나, 하고 돌아서서 스팀 곁에 있는 세면
기에 손을 넣었다. 나도 단지 어머님뿐만이 아닌가, 크레졸 물
이 그의 손에 가볍게 부딪칠 때 이리 생각되었다. 귀밑에 땀이
뽀르르 흘러내린다.

　　그는 보느라 없이 의사를 보았다. 양미간을 찌푸린 채 책
을 보고 있다. 기분이 좋지 못할 때 언제나 저 모양을 한다. 그
런 험한 환자가 다녀간 뒤라 그런지 의서 가운데 난해의 문구
가 있어 그런지 딱히 집어낼 수는 없었다. 그러나 그는 뜻하지
않은 옛일을 문득 회상하고 코웃음 치지 않을 수가 없었다.

　　십 년 전 의사가 이 병원에 갓 부임했을 때는 모든 일에 열
과 피가 움직였다. 특히 빈한한 환자에 한해서는 수술료 같은
것은 반감하였고 또는 사정만 하면 한 푼도 받지 않았다. 그래
서 원장과도 말다툼이 잦았으며, 한때는 사직한다는 말마저
있어 시민들까지 우려하였던 것이다.

　　때는 흘렀다. 거기에 따라 인심도 흐른 것인가, 십 년 전
의사와 오늘의 그는 딴사람인 것처럼 변하여진 것이다. 하필
의사뿐이랴, 오빠가 떠난 후에 영실의 맘과 몸까지도 엄청나
게 달라졌음을 비로소 지금 느끼는 것이다.

61　물체가 서로 맞닿아 비벼지는 소리가 나다.

우리는 없는 놈이니까 같은 없는 놈을 동정하여야 하고, 보다도 이러한 생지옥을 벗어나기 위하여는 싸우지 않으면 안 된다, 누이야.

어떤 날 밤중에 길 떠나면서 매달리는 그 누이에게 이르던 오빠의 말, 결국 오빠는 그 길에서 돌아오지 못하고 말았다. "오빠 너무해, 너무해, 어머니는 어쩌구 저 모양이 되어, 온 세상이 우리 모녀를 업수이 보고 해치려는데……."

그는 커튼으로 눈을 옮겼다. 한낮 햇볕에 주홍빛으로 물들여진 커튼은 눈물에 어리어 뿌옇기도 하고 어찌 보면 캄캄도 하였다.

12시를 땅땅 친다. 뒤이어 웅 하고 일어나는 저 사이렌 소리. 병원을 즈르릉[62] 울려 준다. "너의 오빠는 사형당하였단다. 우웅우웅." 외치는 듯 호소하는 듯 땅을 울리고 하늘에 솟았다 툭 끊어져 버렸다.

의사는 책을 덮어 놓고 일변 수건을 내어 얼굴을 씻으면서 일어나 밖으로 나간다. 가죽 슬리퍼 끄는 저 소리, 그는 문득 신발 소리를 따라 귀를 세웠음을 발견하고 스스로 조소하지 않을 수가 없다. 이젠 의사는 그를 잊은 지 오래였고 이미 딴 여자와 약혼까지 하지 않았나. 그런데 왜 자신은 그를 잊지 못하고 입때까지 생각하나. 호! 나오는 한숨을 언제나처럼 꿈쩍 삼켰다가 한참만에야 가만히 내뿜었다.

믿던 사나이도 변하였고, 행여나 나오면 나오게 되면, 하고 주야로 기다리던 오빠마저 영원히 가 버렸다. 오빠가 나오면 어머님께도 숨긴 이 비밀을 이야기하여 억울함을 설치

62　얇은 쇠붙이 따위가 서로 부딪쳐 조금 크게 울리는 소리.

하고자[63] 했건만 그 희망조차 툭 끊지 않으면 안 되게 되었다. 번득이는 카제관(罐)을 바라보자 눈에 핏줄이 따갑게 일어나는 듯해서 눈을 감고 침대에 걸어앉았다. 소매에서 크레솔 냄새가 솔솔 풍기고 있다.

"아이 언니, 오빠를 생각하지? 그러지 말아요, 이젠 그리된 것을 아끼라메(체념) 해야지 어쩐다나."

효숙이가 깨울하여[64] 본다. 눈에 동정의 빛이 짜르르하다. 통통한 볼에 윤기가 돌고 엷은 입술 사이로 다문다문한[65] 이가 구슬같이 둥글다.

"어서 소지[66]나 해요."

효숙의 뒤에서 물끄러미 바라보는 나까가와(中川)를 보았다.

"너무 슬퍼하지 말아요, 이상."

머리를 끄떡해 보인다. 그는 한숨을 후 쉬었다. 말로나마 동무들은 이리 위로하여 주건만 정작 위로하여 줄 의사만은 입을 다문 채 오히려 모르는 체한다. 이것이 무엇보다도 괘씸하고 분하여서 그 앞에서는 조금도 슬픈 빛을 띠지 않으려 적심(赤心)[67]을 다 기울이는 것이다.

효숙이는 영실의 눈이 까스스해지는 것을 보고 돌아서서 바께쓰를 가지고 수도 곁으로 가서 솨르르 수도를 틀어 놓았다. 머리에 꽂힌 모자는 깨울깨울[68]하였고, 그 밑으로 토실한

---

63 설욕하고자.

64 이리저리 자꾸 기울어지는 모양.

65 공간적으로 사이가 좀 드물다.

66 '소제, 청소하다'의 일본어.

67 거짓 없는 참된 마음.

목덜미가 나부룩한 머리에 덮이었다. 나까가와는 눈을 껌벅이면서 주사기, 핀셋, 존데 같은 기계를 한 줌 쥐고 소독 가마 〔消毒釜〕 곁으로 와서 나사를 틀어 놓으니 물이 쌀쌀 끓고 더운 김이 팡팡 기어오른다. 거기에 기계들을 집어넣고 물러난다. 금시 코밑에 땀이 송알송알 맺히었다.

영실이는 힘없는 다리를 옮겨서 그의 사무 책상으로 왔다. 손은 벌써 흐트러진 책상 위를 정돈하는 것이다. 누런 뚜껑을 한 의서에서 호르르 오르는 담뱃내와 가오루〔薫〕[69] 내, 그는 의사의 숨결을 문득 볼에 느낀다. 일변 눈을 찌푸리고 생각을 돌리려 효숙의 분주한 양을 바라보았다. 약간 푸른 기를 띤 새하얀 간호부복에서 또한 의사의 옷 갈피를 홀연히 발견하는 것이다. 그는 하는 수없이 천장을 바라보았다. 오빠는 사형당하였다. 천장에 시커멓게 쓰인 것을 또한 보게 된다.

효숙이는 걸레로 마루를 닦고 책상, 의자, 도다나〔戶棚〕[70] 를 닦으면서 열심히 조잘거리고 있다. 머리 까딱이는 몸짓을 하는 게 나까가와보다 훨씬 능란한 것 같다. 나까가와는 푸시시한 머리를 소독 가마에서 오르는 김에 뽀얗게 적시우고 서서 기계를 꺼내어 하나하나 탈지면으로 닦으며 "그래." "참말." 하고 효숙의 말을 받고 있다. 그들은 아무 걱정도 없어 보인다.

소제가 끝나자 둘이는 머리를 까딱해 보이고 밖으로 통통 뛰어나간다. 이어 점심 종소리가 댕그릉 댕그릉 울려온다. 그

---

68 작은 물체가 매우 귀엽게 이리저리 자꾸 기울어지는 모양.

69 '향기, 향을 피운 냄새'의 일본어.

70 '찬장'의 일본어.

는 엊저녁부터 굶었건만 밥 먹고 싶지 않았다. 이십여 일 전 의사가 약혼할 당시부터 굶기 시작한 것이 그 후로 한두 끼는 예사로 굶게 되는 것이다. 보다도 그때로부터 밥맛을 잃어버렸다.

그는 복도로 통한 문을 닫고 포켓에 손을 넣었다. 신문이 바스락 만져진다. 몸이 흠칫해지고 솜털이 오스스해진다. 손을 빼어 볼에 대었다. 잘못 본 것이라면 얼마나 좋을까, 혹시 알 수가 있나, 손은 다시 포켓 속으로 들어간다. 땀이 뿌찐뿌찐 나고 팔이 후루루 떨린다. 신문을 쥐었다. 놓았다. 망설였다. 살금살금 끌어내었다. 눈에 칼날이 스치는 듯 산득산득해서 바로 볼 수가 없다. 절반 일그러진 사형수들의 사진 틈에 목이 상큼하게 파인 오빠가 툭 뛰어들었다. 그는 머리를 돌리고 같은 사람도 있지, 이름으로 눈을 옮기자 신문을 와락 접어 던졌다. 순간 철사로 그를 숨 쉴 수 없어 꽁꽁 동였음을 느낀다. 아무리 벗어날래야 날 수 없는 그런 철망에 감긴 것을……오빠! 어머님께 뭐라고 하라우! 이때까지는 속여 왔지만 이제는 뭐라고…….

어제 이맘때 의사의 손을 거쳐 떨어지던 이 신문 호외! 얼마나 기막힌 소식이었던가. 그는 당장에 기색하였던[71] 것이다. 그때 아주 피어나지 말았던들 이 아픈 양은 당하지 않을 것을, 그는 부지중에 손등을 꽉 물어 떼였다. 피가 봉긋이 솟아오른다. "오빠는 나쁜 사람이야. 그 어머님께 죽음을 뵈어. 너무해, 너무해, 어머님께 뭐라고 여쭐까." 그는 벌떡 일어나 빙빙 돌았다. 어머니만 아니면 약이라도 먹고 금방 이 괴롬을

---

71 심한 흥분이나 충격으로 호흡이 일시적으로 멎다.

잊고 싶다. 한데 칠순이 다 된 어머니가 있지 않나. 아들이 나오면 만나 보겠다고 눈이 깜해서[72] 기다리는 어머니가 있지 않나.

영실아, 우리가 사형 언도를 받은 것은 신문지상으로 벌써 알았겠구나. 하지만 봐라, 결코 우리는 죽지 않는다. 언제든지 나가서 어머니와 너를 대할 날이 있을 터이니 그때를 기다려라. 어머니께는 당분간 숨겨다오, 누이야.

최후심에서 사형 언도를 받은 오빠에게서는 이러한 편지가 왔던 것이다. 온 세상이 뭐라고 떠들든지 그는 오빠의 이 말을 믿고 싶었으며 또한 믿어지던 것이다. 하나 결국은 사형을 당하고야 말았지 않았나, 그는 신문을 와락 당기어 올올이 찢어 창밖으로 던졌다.

저편 정원엔 한창인 화단이 눈이 시릴 만큼 번거로웠고, 정원을 둘러싼 비수리나무 울타리는 요새 가지 깎음을 받아 가지런하게 돌아갔다. 거기엔 이제야 봄이 툭툭 쥐여발렸다.

참일까, 거짓이지, 오늘이라도 오빠에게서 편지가 올지 모르지. 그는 시계를 쳐다보았다.

물소리가 났다. 누가 편지를 들고 들어오는 것 같아 왁 울음이 나오는 것을 참고 머리를 돌렸다. 의사가 무심히 들어오다가 흠칫하였으나 태연히 들어와서 의자에 걸어앉는다. 그의 손엔 아무것도 없었다. 일변 담배를 피워 문다.

코끝에까지 울음이 빼듯이 내민 것을 억지로 삼키려니 자꾸만 입이 비죽거려지고 숨이 가쁘다. 그러나 눈엔 독이 파랗게 서리고 있다. 혀를 꼭 깨물고 책상을 힘껏 붙들었다. 혀끝

72 까마득해서.

132

에서 피가 나는지 간간한 맛이 머리에까지 따끔따끔 느껴지고 있다. 의사는 성큼 일어나더니 도다나 곁으로 가서 담숙담숙 쌓아 놓은 알콜 십뿌를 집어 손을 닦고 있다.

"점심 먹었어?"

이 물음에 영실의 보풀락한 눈등은 찢어질 듯이 팽팽하여졌다.

"왜 대답이 없어?"

말끝에 씩 웃는다. 그의 말버릇이 그렇건만 지금에 있어서는 자신의 처지를 비웃는 웃음 같아 더 참을 수 없는 분이 왈칵 내밀치므로 눈을 쏘아 보았다.

포마드를 발라 넘긴 머리카락은 보기 싫게 흔들거리고 거무틱틱한 눈에 거만함이 숭글숭글 얽히었다. 의사는 그의 시선을 피하여 열심히 손끝만 보고 비빈다. 전날에 고상해 보이던 그의 인격은 어디로 갔는지 흔적도 찾을 수 없고 머리에서 발끝에까지 야비함이 주르르 흘러내린다. 저런 사나이에게 귀한 처녀를 빼앗기었나, 보다도 오빠만을 고이 생각하던 누이의 맑은 맘을 송두리째 빼앗기었나, 하니 자신의 어리석음이 기막히게 분하여진다. 그만 달려가서 저 사나이를 푹푹 찔러 죽이고 싶다.

의사는 그의 눈치를 채었음인지 슬금슬금 나가 버린다. 그는 의사가 보이지 않도록 쏘아보다가 일어나 위층 쯔메쇼〔話所〕[73]로 올라왔다.

활짝 열어젖힌 창으로 오빠를 잃은 저 하늘이 찰찰 넘쳐 흐르고 책상 위의 두어 송이의 백합이 그 하늘을 갸웃이 바라

---

73 '대기실'의 일본어.

보고 있다. 그는 의자에 털썩 주저앉아 하늘을 멍하니 바라보노라니 층대를 올라오는 신발 소리가 아득히 들린다. 의사인가 싶어 휙 돌아보니 소사인 김 서방이 바쁘게 올라온다. 울어서 부은 눈을 아무에게도 보이기 싫어서 머리를 돌렸다. 한참 후에 무심히 머리를 돌리니 그의 옆에 김 서방이 우뚝 섰지 않느냐. 그는 와락 반가운 맘이 들어 벌떡 일어났다.

"편지 왔소?"

김 서방은 뭣이 들어앉아 쭉 펴지 못하는 그의 굵은 손으로 반백이나 되는 머리를 어색하게 슬슬 어루만지며 차마 영실이를 바라보지 못하고 섰다.

"아니유."

"오늘은 꼭 편지가 와얄 텐데 어쩌나!"

그는 애처로이 김 서방을 보았다. 입을 중긋중긋[74]하던 김 서방은 눈을 번쩍 떠서 마주 본다. 항상 벙글거리던 그 눈에 웃음이 간 곳 없고 슬픈 빛이 뚝뚝 흘러내린다. 저도 알았구나, 하자 눈물이 핑그르르 돌아 떨어진다. 그는 흐르는 눈물을 씻으려고도 아니하고 눈을 점점 더 크게 떠서 김 서방을 보았다. 얼굴은 캄캄하게 어리우나 왼편으로 깨울히 내려온 흰 수염 끝이 영실의 눈에 가득히 어리운다.

"너무너무 그렁 마슈."

김 서방은 발끝을 굽어보고 이렇게 말하였다. 김 서방! 하고 힘껏 부르려 했으나 목이 메어 나가지 않았다.

이 병원에서 가장 오랜 연조를 가진 김 서방과 자신, 가장 가난한 처지에서 헤매는 김 서방과 자기, 그래서 의사와 자기

74   뾰족하게 솟아나 있는 모양.

사이도 아는 것 같고 역시 오빠의 죽음에 대하여도 누구보다
도 이해가 깊은 것을 깨달은 것이다.

밤 9시.

효숙이와 나까가와는 목욕탕에 들어가고 영실만이 쯔메
쇼에 남아 있어 체온표에다 입원 환자들의 체온과 맥박을 푸
르고 붉은 연필로 그리고 있다. 손은 종이 위에서 넘노나 맘은
자꾸만 어수선해 오고 초조했다. 무엇보다도 어머니가 오늘
쯤은 어디서 이 소식을 듣고 나한테 쫓아오다가 길에서라도
졸도를 하지 않았는지 하는 불안이 시시각각으로 커 가는 때
문이다. 마침내 그는 체온표를 철썩 덮어 놓았다. 연필이 따르
르 떨어진다. 숙직 의사에게 말하고 잠깐 다녀오려니 일일이
사정을 늘어놓아야 할 테고 이해 없는 그들 앞에서 구구한 사
정이라니 기막힌 노릇이다. 이것들이 웬 목욕을 이리 오래 하
누, 하고 층대 쪽을 바라보았다. 아래층 당구장에서는 한참 신
이 나서 떠들고 있다.

어쩐지 저들과는 너무나 거리가 먼 곳에 있는 자신이라
는 것을 새삼스레 느끼면서 두 손을 볼에 대고 한숨을 푹 쉬었
다. 오빠가 사형을…… 거짓말이지. 그럼, 아직 감옥 안에 계
시어? 숨이 답답해지고 대답이 나오지 않는다. 내일까지 아무
소식이 없으면 휴가를 맡아 가지고 경성 가 봐야지, 그래야지
아무러면 오빠가 그리되었을까, 신문에 난 것은 무어야! 그
럼 그는 가슴이 오싹해서 일어나 빙빙 돌았다. 시커먼 사형수
들의 사진이 얼씬얼씬 나타나고 있다. 참말일까? 그는 주위를
두리두리 살피다가 창 앞으로 왔다. 무의식간에 창문을 와르
르 열고,

"참말일까요?"

허공을 향하여 소리쳤다. 밖에는 아무도 없다. 그는 따귀나 얻어맞은 것처럼 얼얼하여 우두커니 섰다. 싸늘한 바람이 그의 머리털에 비웃는 듯 조소하는 듯 팔팔 감기고 있다. 어둠을 뚫고 빛나는 전등불이 여기저기 흩어졌고 기기로부터 달려오는 긴 빛이 그의 눈가에 수없이 꽂히어 눈물을 가득히 어리게 한다. 원장의 집 곁에 간호부 기숙사가 있고 그 옆에 부원장인 외과 의사의 저택이 유난히도 빛나는 전등을 문정(門庭)에 달고 어둠 속에 뚜렷이 앉아 있다. 필시 지금쯤은 약혼한 계집이 찾아왔겠군, 불시에 이런 생각이 들자 불뚝 치달아 올라오는 질투심에 얼굴이 화끈 달았다. 그는 머리를 설레설레 흔들었다. 그리고 창을 등지고 서 버렸다.

영실이, 나는 그대를 떠나서는 한시도 살 수가 없소. 내 손이 가기 전에 그 부드러운 흰 손이 더러운 환부를 깨끗이 씻어 주었고, 그래서만이 내 손은 환부를 꼭 집어 알 수가 있소. 그 손! 그 이쁜 손은 영원히 내 것이요.

이러한 한 구절의 편지가 서늘한 바람을 타고 흘러 들어온다. "악마!" 그는 부지중에 중얼거렸다. 그리고 창문을 요란스레 닫아 버렸다. 이번엔 도다나 속의 수없는 기계들이 의사의 손! 영실의 손! 하고 속삭이는 듯하다.

그는 머리를 푹 숙이었다. 의사의 손과 그의 손이 합하면 어떠한 대수술도 무난히 돌파하지 않았던가. 나부죽한 손톱을 가진 약간 여윈 듯한 의사의 손! 까딱하면 무엇을 요구하는지를 알았고 또한 무슨 기계와 무슨 약을 들려 줄 것을 이 손이 알지 않았던가. 그는 얼른 손등을 입에 대었다. 그만 탁 찍어 버리고 싶다.

내가 미쳤나? 그는 당구장에서 일어나는 환성에 깜짝 놀라 머리를 들었다. 지금 어머니는 어떻게 되었는지 모르면서. "영식아! 영식아!" 오빠를 부르는 어머니의 음성이 금방 들리는 듯하다.

"언니 목욕해요."

효숙이와 나까가와는 층계를 올라오며 이렇게 말하였다. 그들의 얼굴은 빨갛게 상기되었고 하얀 손끝에서는 크림 냄새가 솔솔 풍기었다.

"저 나 잠깐만 집에 다녀올게. 병실에서 오거든 웬만하면 선생님께 알리지 말고 둘이서 처리해요. 저기 주사기랑 약이랑 준비 다 했으니, 응."

영신이는 도다나를 가리키고 나서 황황히 탈의소로 와서 옷을 갈아입고 층계를 내려 뛰었다. 긴 복도를 지나 병원을 나왔다.

밖은 새까맣다. 하늘엔 별들이 싸늘해 있고 이따금 가로등만이 뽀얀 빛을 땅에 던지고 있다. 웬일인지 발길이 풍풍 빠지는 듯하고 다리 마디가 자꾸만 꺾이려고 하였다. 신발 소리만 나면 어머닌가 하여 살피게 되고, 늘 다니던 이 길이건만 어쩐지 처음 가는 골목 같아 한참이나 돌아보곤 하였다. 너무 숨이 차서 가슴을 쥐고 후 하고 숨을 길게 내쉬면 어둠이 새하얀 연기로 변하여 그의 갈한 목에 휘어 감기고 있다.

집에 오니 대문은 걸렸다. 얼른 문 사이로 방문을 살피니 불이 희미하다. 어머니가 계시구나…… 맘이 다소 놓여서 대문을 가만히 붙들고 호 하고 숨을 몰아쉬었다. 아직까지는 어머니가 모르시는 모양이나 내일이라도 누구에게서 듣고 묻는다면 무어라고 대답할까.

"어머님께는 당분간 숨겨다오 누이야!" 그는 부지중에 털썩 주저앉았다. 비록 오빠가 감옥에 있다 할지라도 모든 일을 이리 가르쳐 주었는데 이제부터는 누구의 지시를 받나! 우선 어머님께는 뭐라구 하나, 오빠 나는 어찌라우. 그는 발버둥 쳤다. 어젯밤에도 이리 와서 어머니는 차마 만나지 못하고 간 것이다. 어머니만 뵈면 울음이 탁 나가서 아무리 숨기려야 숨길 수 없음을 깨달은 것이다. 그렇다고 언제까지나 어머님을 만나지 않을 수는 도저히 없는 일이고 내가 좀 대담해야지, 좀 더 침착해야지 하고 가만히 일어났다. 대문을 붙들고 어머니! 하고 부르려니 벌써 눈등이 무거워지고 목이 꽉 메어 음성이 나가지 않는다. 그는 눈등을 한번 부비고 얼결에 대문을 쿵 받았다.

"누구냐!"

어머니의 음성이 흘러나온다. 그는 얼른 몸을 피하려 했으나 울음이 왁 나오면서 픽 쓰러졌다. 아득히 들리는 신발 소리. 그는 혀를 꼭 물고 발딱 일어났다. 이제야말로 정신을 차려서 어머니를 대하지 않으면 안 되리라 하였다. 대문이 삐걱 열리면서 어머니의 흰옷이 새하얗게 보인다. 그는 아뜩하였으나 두 손에 힘을 주어 울타리를 꼭 붙들고,

"나! 나야 흑!"

말끝에 흑 소리가 턱을 차고 내달린다. 얼른 목을 꼭 쥐어 비틀고 섰노라니,

"서울서 소식 없니!"

하고 어머니는 딸의 곁으로 다가선다. 소르르 건너오는 잎담뱃내에 그는 주춤 물러서며 얼굴을 돌려 울타리에 대고 힘껏 비볐다. 널빤지 울타리에서 뜨끔 찔리는 볼, 그는 볼에

무엇이 들어박히는 것을 느끼면서도 울음은 자꾸만 쓸어 나오려고 한다.

"어젯밤 꿈에 네 오빠가 왔기에 오늘은 무슨 소식이 있는가 해서 아까 기숙사에 갔더니 오늘 네가 당번이 되어 몹시 바쁘다고 장 간호부가 그냥 가라고 하기에 왔다마는, 소식 없니."

딸의 몸을 어루만지려는 어머니. 비틀 하고 어머니에게로 쏠리려는 것을 그는 울타리를 꼭 붙들고 섰으나 자꾸만 쓸어 나오는 울음 땜에 견딜 수 없다. 그래서 그는 획 돌아서 울타리를 붙들고 걸었다.

"얘야, 너 선생님헌테 무슨 꾸지람을 들었니, 왜 그러니."

쫓아오는 어머니에게 그는 아무 말이라도 하여서 안심시켜야 할 것을 느끼었으나 좀체 입을 벌릴 수가 없었다. 어머니와 거리가 좀 멀어지자 목을 비틀었던 손을 놓고 입을 벌리고 속으로 울었다.

"얘야, 말이나 시원히 하여."

어둠을 뚫고 들리는 어머니의 음성은 애처로웠다. 휘끈 머리를 돌리고,

"어머니 들어가라우."

하고 말을 내놓았으나 그 말은 어머니의 귀에까지 들린 것 같지 않았다. 그는 숨을 몰아쉬고 크게 말을 하였으나 울음이 왁 쓸어 나온다. 그는 입을 꼭 다물고 섰다. 귀찮게 흐르는 눈물을 씻고 바라보니 대문 앞에 어머니가 그냥 서 있듯 어머니의 흰옷이 잡힐 것 같다.

"어머니, 어쩔까!"

그는 울음 섞어 이렇게 부르자 와락 어머니에게로 달려가

는 발길을 억지로 멈추고 걷다가 돌아보면 어머니는 아직도 섰는 듯, 그만 우두커니 섰다. 그러다 어머니가 그를 쫓아 병원으로 오든지 그렇지 않으면 마을이라도 가려나 하는 맘이 자꾸만 들었던 것이다.

그는 살금살금 그의 집을 바라보고 걸었다. 대문 앞에 오니 어머니는 들어가신 듯 아무것도 보이지 않는다. 대문을 더듬더듬 쓸어 보고야 다소 안심을 하고 돌아서 걸었다. 한참 오다가 보니 또 어머닌 듯 흰 그림자 어둠 속에 뚜렷하였다. 눈을 아프게 쥐어 당기고 다시 한 번 와 보리라 하고 뛰어온다. 구두가 자꾸만 엎어지려고 해서 구두를 벗어 들고 그의 대문 앞에 와서 문틈에 눈을 대니 방에는 아까보다 불빛이 환하다. 들어가서 어머니를 안심시킬까 하니 벌써 울음이 다투어 기어 나오므로 그는 눈에 손을 대고 엎어질 듯 돌아섰다.

그가 보통학교 앞에 오니 숨이 차 견딜 수가 없다. 그래 잠깐 멍하니 섰노라니 어둠 속에 시꺼멓게 솟아 있는 중앙 학교가 맘에까지 소복이 스며드는 것 같았다. 또다시 가슴이 화끈해지며 오빠와 그가 손을 맞잡고 이 길로 학교에 드나들던 것이 어제인 듯 톡 튀어 오른다.

노닥노닥 기운 옷에 가방 한 개도 못 가지고 목수건 하나도 없이 어머니가 일본 집에서 얻어 온 구멍이 송송 난 메린스[75] 책보를 들고 그 몇 번이나 오르내렸던고.

어머니는 눈만 뜨면 일터로 가기 때문에 그는 언제나 오빠 옆에 붙어 있었다. 오빠에게서 하나둘을 배웠고 또한 오빠의 등에서 오줌, 똥을 싼 것이다. 그러다 자라서 이 학교에 다

75   메리노 면양의 털로 짠 가볍고 부드러운 모직물.

니게 되니 오빠는 언제나 그의 손을 꼭 잡고 교실에까지 바래다주고 그의 교실로 들어가던 것이다. 몸이 아파도 오빠에게 하소연하였고 동무들과 쌈을 하고도 오빠에게 고하였고 장난하다 손끝이 상하여도 오빠의 입술에 호 함을 받았고. 그렇던 오빠! 오빠! 난 어쩌라우, 그는 어린애같이 발을 동동 굴렀다.

어느 날 하학을 하고 나오니 눈이 와서 성같이 쌓였다. 오빠는 그를 둘러업고 눈 속을 빠져 집으로 온다.

"눈 꼭 감어."

눈 속을 헤엄치는 오빠는 이렇게 말하고 뛰었다. 눈이 얼굴에 부딪치어서는 녹아 얼굴을 쓰라리게 하고 목덜미에 스며들어 꼭꼭 찌른다. 그는 마침내 앙앙 울었다. 집에 오니 어머니는 아직도 안 돌아왔고 눈바람에 문풍지가 다 뜯긴 방 안은 밖에보다 더 추운 것 같았다. 오빠는 그의 몸에 눈을 떨어주고 얼굴을 소매로 닦아 주면서,

"이제 어머니가 과자 얻어 온다. 울지 말아야."

이렇게 어르면서도 오빠도 쿨쩍쿨쩍 울고 문만 바라본다. 바람에 문풍지만 울려도 어머닌가, 옆집에서 무슨 소리만 나도 오누이는 달려 일어나,

"어머니."

하고 문을 열어 잡으면 밖에는 눈만 내리고 그는 발악을 하고 어머니를 부르면 오빠는 그를 업고 방 안을 빙빙 돌면서 훌쩍훌쩍 울던 일…… 그는 미친 듯이 일어나 걸었다. 목이 찢어지는 듯 가슴이 막혀서 견딜 수 없었던 것이다. 발길이 느려지면서 이 길 위에 오빠의 신발 자국이 어딘가 남아 있을 것 같아 펄썩 주저앉는다. 휘끈 돌아보니 저편에서 사람이 오므로 화다닥 일어났다. 꼭 어머니인 듯한 여인이 이리로 온다.

그는 서슴지 않고,

"어머니야."

하고 울면서 쫓아가니 어떤 낯모를 여인이 멈칫멈칫하다
가 지나친다. 그 여인이 보이지 않도록 바라보면서, 어머니가
지금쯤은 주무실까, 한 번 더 가 보고 싶어서 발길을 돌리니
몸이 비틀하고 꼬이면서 집에까지 갔다가 돌아올 수가 없을
것 같았다. 그는 구두를 신었다. 높이 솟은 병원 창문으로 빨
갛게 흘러나오는 불빛을 보고 얼른 손에 든 구두 생각이 났고
맨발이 부끄러웠던 것이다.

기미년 토벌난에 아버지를 잃어, 또 오빠를 이 모양으로
잃어, 우리 집안은 무슨 못된 운수인가, 그는 돌연 이러한 생
각을 하며 병원 현관에 들어서니 병원 안이 떠들썩하였다. 수
술 환자가 왔는가 하는 불안이 머리를 아프게 후려치자 두루
두루 살피니 저편 수술실에는 전등불이 환하고 수술복을 입
은 의사며 조수들 간호부들까지 한참 분주한 가운데 있다. 어
쩌나, 그는 잠깐 망설였으나 위층 쯔메쇼로 올라왔다.

"언니! 어서어서 내려가요, 맹장염 환자가 왔다우, 빨리.
선생님이 자꾸만 부르시어. 우리는 혼났어. 그래서 사실대로
여쭈었더니 아주 성이 났어요, 얼른."

효숙이는 공중 뛰어와서 영실이를 탈의소로 잡아끌고 일
변 옷을 바꾸어 입히느라 색색거린다. 크림 냄새가 숨결에 따
라 몽클몽클 그의 볼에 부딪치고 있다. 그는 맘은 급하지만 몸
은 다른 사람의 것같이 임의로 움직여지지를 않는다. 그래서
효숙이가 하는 대로 내맡기었다.

효숙이는 그를 끌고 내려와서 수술실 문을 조용히 열고
등을 밀었다. 방 안은 화끈하고 더운 김이 그의 머리털에까지

훈훈히 서리고 있다. 갑자기 그는 현기증이 칵 일어 앞이 아득해지므로 벽을 붙들고 멍하니 섰다.

벌써 환자는 수술대에 높이 뉘어 놨고 이불[包被]로 푹 덮어 놨으며, 오직 오른편 배만은 장방형으로 나타나게 하였고 그 옆에 의사가 서서 주사를 놓고 있다.

두 사람의 조수가 좌우 옆에 갈라섰고 아래, 위로 간호부가 서서 병자를 붙들고 있다. 의사의 바로 옆에 수술복에다 새하얀 수건을 쓴 나까가와가 장갑 낀 손에 핀셋을 쥐고 테이블에 늘어놓은 온갖 기계들은 차례로 섬기고 있다. 그 나머지의 간호부들은 세면기에 물을 떠 가지고 간혹 들어온 불나비를 잡느라 쫓아다니고, 혹 의사의 이마에 흐르는 땀이며 조수들의 땀을 씻어 주고, 발이 시원해지라 냉수를 시멘트 바닥에 주르르하고 붓기도 한다. 저편 구석에 환자의 친족인 듯한 사십 가까워 보이는 중년 부인이 눈이 뒤집히어 입을 헤벌리고 서 있다.

의사는 영실이를 힐끗 보자 눈이 희뜩 올라가고 푸른 입술에 비웃음을 삐죽이 흘린다. 영실이는 이것을 보자 미안하던 맘이 홀랑 달아나고 어디선지 악이 바짝 치달아 온다. 그래서 얼른 세면기 앞으로 와서 브러시로 손을 닦기 시작하였다. 따끔 부딪치는 브러시를 따라 횡횡 돌던 머리가 딱 멈추어지고 맘이 꽁꽁 얼어붙는 것 같았다.

"아구! 아구!"

환자는 외마디 소리를 냅다 지르고 다리를 함부로 내젓는다.

간호부들은 머리와 다리를 꼭 누르니 환자는 더 죽는 소리를 내었다. 힐끗 돌아보니 의사는 방금 칼로 피부를 갈라놓았고 흐르는 핏속에 지방이 희뜩희뜩 나타났으며, 혈관을 집은 고히루(止血鑷子)가 두어 개 꽂히어 영실의 눈을 꼭 찌르는 듯하였다. 눈송이 같은 가제가 나까가와의 손에서 의사의 피 묻은 손에 쥐어 있는 핀셋으로 옮아와서 수술처에 들어가자마자 빨갛게 핏덩이가 된다.

영실이는 손을 다 씻고 나서 나까가와의 곁으로 갔다.

"미안하게 되었소."

"이상!"

나까가와는 머리를 돌린다. 이마엔 구슬땀이 방울방울 맺히었고 얼굴이 빨갛게 되어 영실이를 보자 시원하다는 듯이 핀셋을 내주고 머리를 설렁설렁 들어 땀을 떨구면서 물러났다. 장갑 낀 손에 쥐어지는 이 핀셋! 매끈하고도 듬직한 느낌을 주며 무엇이나 집고 싶어지는 이 감촉. 손에 기운이 버쩍 나고 흩어진 맘이 바짝 모인다.

눈을 감고라도 이 핀셋만 쥐면 어떠한 기계라도 능란히 섬길 수가 있는 것이다.

"후꾸마꾸간즈(腹膜鑷子)!"

의사는 이렇게 부르고 피 묻은 장갑 낀 손을 내밀다가 힐끗 영실이를 보고 눈이 꺼칠해서 나까가와를 돌아보았다.

"왜 물러났어. 누가 시키는 게야."

소리를 냅다 지르고 영실이가 들어 주는 기계를 홱 뿌리치고 나서 손수 테이블에서 기계를 집어 간다. 나까가와는 울상을 하고 영실의 손에서 핀셋을 빼앗다시피 하여 가지고 그를 밀고 테이블 앞에 다가선다,

영원히 그의 손에서 핀셋을 빼앗는 듯한 이 아픔, 손끝에 짜르르 울리고 뜨끔 찔리어 온 전신에 따갑게 퍼지고 있다. 그

는 멍하니 섰다.

의사는 말할 것도 없고 평소에 그를 존경하는 간호부들이
며 조수들까지 경멸히 여기는 듯 누구 한 사람 눈여겨보는 이
없다.

그만 울음이 탁 나오려는 것을 혀를 깨물어 참고 의사를
바라보았다. 한참 수술에 열중한 저 의사, 한 손에 칼을 들고
또 한 손에 핀셋을 쥐고 가제를 굴려 가며 칼을 움직이는 저
의사, 누구보다도 저를 믿었고 그래서 일생을 의탁하고자 아
니했던가.

"아쿠! 아쿠!"

살을 지나 뼈를 할퀴는 듯한 환자의 비명에 그는 얼른 머
리를 돌렸다.

환자에게서 툭 튀어 오르는 오빠! 순간 그 비명이 오빠의
음성 같아 온몸이 훅 달았다. 다음 순간에 착각임을 알았으나
가슴이 뛰고 부르르 떨린다. 그는 얼른 이 방을 나가리라 하고
한 발걸음 옮기었을 때 구역질이 욱 하고 내달린다. 입술을 꼭
물었다. 목이 찢어지는 듯하더니 코로 주먹 같은 무엇이 칵 내
달리며 아뜩하여진다. 그 순간 의사가 쥔 칼이 다음에 번득 빛
났다.

그 칼이 오빠를 향하여 살대같이 날아오는 것을 보았다.

"아이머니! 저놈이 사람을 죽여!"

영실이는 눈을 뒤집고 나는 듯이 의사에게로 달려드니 의
사는 얼결에 주춤 물러서다가 발길로 탁 차 버렸다. 영실이는
시멘트 바닥에 자빠졌으나 단숨에 일어나 달려든다. 입술과
코가 터져 온 얼굴은 피투성이가 되어 버렸다.

"이놈 이놈! 오빠를 죽여. 아구 오빠 오빠, 호호호, 저놈."

간담이 서늘하게 부르짖는다. 방 안은 그제야 영실이가 미친 것을 알았다. 조수는 달려들어 영실의 손을 낚아챘다.

"김 서방! 이 미친년 끌어내!"

의사는 발을 구르며 호통하였다. 밖에서 수술자를 담아내려고 들것을 준비하던 김 서방은 너무나 큰 소리에 놀라 들것을 든 채 황황히 달려오다가 조수들에게 끌리어 나오는 영실이를 보고 그만 딱 서 버렸다.

"미쳤어, 저리 내가, 내가."

조수 하나가 급급히 소리치고 나서 영실이를 김 서방에게 맡겨 버리고 수술실 문을 쾅 닫아 버린다. 벽이 쿵쿵 울린다.

김 서방은 어쩔 줄을 몰라 영실이를 뒤집어 업었다. 영실이, 그는 김 서방을 쥐어뜯고 몸부림친다.

"이놈, 오빠, 아구 아구 어머니, 양말만 깁지 말고 빨리 나와요, 하하하 저놈이!"

김 서방은 격리 병실로 뛰다가 몇 호실로 가라는 말인고, 아뜩하여 생각나지 않았다.

이번엔 위층 병실로 뛰어오며 생각하니 역시 아뜩하였다. 그만 다시 수술실 문 앞으로 오다가 그도 모르게 욱 치밀어 오는 감정에 층층 밖으로 뛰어나왔다. 어둡다.

《여성》, 1937. 1.~2.

어둠 속으로 걸어 들어가기
— 강경애 소설을 읽는다는 것은

1

강경애(1906~1944)는 1931년부터 1938년까지 비교적 짧은 기간 동안 작품 활동을 한 작가다. 그럼에도 그는 일제 강점기에 활동한 작가들 중에서 단연 독보적이면서도 특이한 존재감을 드러내는 작가다. 강경애의 장편 소설 『인간 문제』는 1930년대 식민지 조선이 직면한 농촌 문제, 노동 문제, 계급 문제, 여성 문제 등의 사회적 모순들이 상호 작용하면서 총체적 '인간 문제'를 이루는 과정을 역동적으로 그려 냈기에 이기영의 『고향』과 함께 대표적인 사회주의 리얼리즘 소설로 평가받는다. 그리고 「소금」, 「지하촌」 등과 같은 후기 중·단편 소설들은 하층 계급 여성의 삶을 억압하는 성 모순, 가부장제 모순, 계급 모순, 민족 모순 등을 복합적이면서도 중층적으로 그리고 있다. 이 소설들은 기존 담론의 틀로는 포착하기 어려운 하위 주체들의 격렬하면서도 모순적인 현실을 날것 그대로 드러냄으로써 우리를 낯선 세계로 이끈다. 이런 강경애의 소설은 유산자와 무산자 간의 갈등과 대립을 중심으로 구축된 전형적인 계급 문학도, 남성과 여성 간의 성 대결로 이루어진 전형적인 여성 문학도 아니다. 그것은 그러한 규범적인 틀로부터 벗어나면서 기존의 익숙한 상징화 방식과 전형성의 논리에로 수렴하지 않는 '강경애'라는 단독성의 세계를 구축한다.

이렇듯 강경애 문학의 실재는 단선적인 해석과 평가를 경계한다. 이를 더 잘 이해하기 위해서는 강경애의 인생 이력 중 다음의 몇 가지에 주목할 필요가 있다. 강경애는 1906년 황해도 송화 출생으로, 가난한 농부의 딸로 태어나 다섯 살에 아버지를 여의고 개가한 어머니를 따라 황해도 장연으로 이주해서 어린 시절을 보낸다. 끼니를 잇기 어려울 정도의 빈곤한 삶과 불안정한 가족 관계는 강경애가 동시대 다른 여성 작가들과는 달리 조선 하층민들의 절대적 빈곤과 고통스러운 삶에 주목한 이유를 짐작하게 한다. 작가 자신이 이들처럼 가난하고 소외된 삶을 살았던 것이다. 작가는 어려운 처지에도 불구하고 숭의여학교(동맹 휴학 사건으로 퇴학당한다.)를 거쳐 동덕여학교에 편입하여 열정적으로 공부하고, 이후 무산 아동을 위한 '홍풍야학교'를 개설하거나 근우회 활동에 가담하는 등 좌익 여성 운동가로서, 그리고 작가로서의 꿈을 키워 나간다.

그러나 본격적인 작가로서의 활동은 1931년에 용정 동흥중학교 수학 교사였던 장하일과 결혼한 뒤 간도 지방으로 이주한 직후부터였다. 강경애의 작품 활동이 간도에서 본격적으로 이루어졌다는 사실은 매우 중요하다. 간도는 일본의 식민지 농업 정책 때문에 땅을 빼앗긴 사람들이 최후의 희망을 안고 이주해 간 곳이다. 그러나 간도는 조선 본토에서보다 항일 무장 독립운동과 반일 자치 운동이 더 활발하게 전개됐던 곳이고 그만큼 공산주의자 소탕을 빙자한 학살이 무차별적으로 이루어지기도 했으며 마적단과 자위단의 이주민 착취가 일상화된 곳이기도 했다. 그렇게 식민지 조선의 모순이 가장 첨예하게 폭로되었던 간도야말로 식민지인이자 이주민으로서 겪는 이중의 민족 차별, 소작인으로서 겪는 계층 차별, 여성으로서 겪는 성차별이 첩첩이 얽혀 있었던 공간이었다. 이는 강경애 소설이 동시대 다른 여성 작가들의 작품과 다를 수밖에 없었던 또 다른 이유이기도 하다.

강경애는 통상 한국 여성 문학사 1세대에 해당하는 김명순, 김원주(김일엽), 나혜석에 이어 박화성, 백신애, 최정희, 장덕조, 모윤숙, 노천명 등 1930년대 여성 작가들과 함께 2세대 여성 작가로 분류된다. 그러나 실제로 강경애는 1930년대에 소위 '여류 문단'에 속하지는 않았다. 서울 중앙 문단과 동떨어진 변방의 간도에 거주하고 있었다는 점, 그래서 다른 여성 작가들과의 친분과 교류가 유지될 수 없었다는 점, 그리고 그들과 출신 성분이 달랐다는 점 등이 강경애를 그들과는 다른 특이한 여성 작가로 존재하게 한 조건이었다. 그것은 또 다른 한편으로 강경애가 한국 여성 문학사에서 예외적인 고립된 섬처럼 다루어져 왔던 이유이기도 했다. 물론 강경애는 여성 빈곤 문제를 다룬 백신애, 하층 계급의 노동 운동을 다룬 박화성과 함께 묶어 이야기되기도 한다. 그럼에도 강경애의 소설에서 여성, 빈곤, 노동 등의 문제가 그려지는 방식은 그들의 소설과는 확연히 다르다. 그중 분명한 것은 강경애 소설에서 재현된 하층 계급 여성의 성격이다. 그들은 긍정과 부정이라는 익숙한 이분법적 잣대로 재단되거나 해석되기 어려운 모호하고 낯선 존재다. 강경애 소설 속 그 헐벗은 여성들의 의식 수준은 평균적인 기대에 훨씬 미치지 못한다. 그들은 오직 자신들의 기괴하고 외설적인 육체적 경험만으로 끔찍한 현실을 폭로한다. 그것을 통해 이 여성들은 우리에게 여성 문학이란 무엇인가에 대한 질문을 불러일으킨다.

2

강경애 문학을 설명하는 키워드는 두 가지다. 그것은 바로 '계급'과 '여성'이다. 1931년 1월에 단편 소설 「파금」을 《조선일보》에 투고하면서 본격적인 작품 활동을 시작한 강경애는, 첫 소설에서부터 계급적 각성과 투쟁 의식을 전면에 내세우면서 경향 작가로서의 면모를 뚜렷이 드러냈다. 물론 강경애는 '근우회' 장연지부에 가입하는 등 정치적 활동을 하기는 했으나 카프(KAPF) 회원은 아니었으며, 특히 간도 이주 후에는 조선 문단과 일정한 거리를 두었기 때문에 1930년대 프로 문단에서 제기된 예술 운동의 볼셰비키화에 동조하면서도 조선 문단의 영향으로부터 어느 정도는 벗어날 수 있었다. 강경애의 소설이 한편으로는 '전형적인 사회주의 리얼리즘 소설'로 평가받으면서도 프로 문학이 흔히 빠지곤 했던 관념적 도식성의 위험을 피해 갈 수 있었던 까닭은 이 때문이다. 그렇다면 여성 문학의 관점에서 강경애 소설은 어떤가? 이를 '전형적인 여성성의 소설'이라고 볼 수 있을까?

강경애 소설에 대한 여성주의적 해석은 여성 문학 연구가 본격적으로 이루어지던 1990년대부터 시작되었다. 특히 강경애 소설 중에서 하층 계급 여성들의 비참상을 다룬 『인간 문제』, 「소금」, 「지하촌」 등과 같은 소설은 여성 문제가 가부장제 및 식민주의 등과 같은 사회 문제와 결합하는 모습을 통해 여성 문제를 단선적이지 않게, 즉 좀 더 복합적이면서도 다층적으로 다루었다는 평가를 받는다. 그러나 바로 그런 이유로 강경애 소설은 '여성 인식의 결여'라는 비판을 받기도 한다. 왜 그럴까? 첫 번째 이유는 강경애 소설 속 여성 인물들이 대체로 남성 의존적이거나 기존의 가부장제적 질서가 할당한 어머니와 아내라는 가정 내적 여성 역할에 순종하는 경향을 보인다는 점이다. 이 작품집에 실린 소설 속 여성 인물들만 보더라도 이러한 주장은 어느 정도 타당한 것처럼 보인다.

예컨대 「소금」(1937)의 인물 '봉염 어머니'는 전형적으로 봉건적 가부장제 질서에 종속된 여성이다. 그녀는 비싼 소금 값 때문에 남편에게 매번 싱거운 음식을 줄 수밖에 없는 자신을 '자격 없는 아내'라고 탓할 만큼 남편 뒷바라지와 가사 노동을 당연한 여성의 일이라고 생각하며, 중국인 지주 '팡둥'에게 정조를 뺏긴 다음 원치 않는 아이를 임신했음에도 불구하고 그에게 대항하지 못한다. 오히려 그녀는 강간당해 낳은 아이에게조차 "전신을 통하여 짜르르 흐르는 모성애"를 느낀다. 이 과장된 생물학적 모성애는 아편 중독자인 남편에 의해 청인에게 팔려 간 아내가 젖먹이 아이를 보기 위해 울타리를 넘어 탈출하다가 비참하게 죽어 가는 이야기를 다룬 「마약」(1936)에서도 반복된다. 그런가 하면 「지하촌」(1936)의 인물 '칠성 어머니'는 "남편을 잃은 뒤 그나마 저 병신 아들을 하늘같이 중히 의지해 살아" 갈 정도로 아들에게 의존적이다. 「어둠」(1937)의 인물 '영실'은 또 어떤가? 그녀 또한 의지하고 믿었던 오빠의 죽음과 한때 이념적 동지였다가 전향한 의사 애인의 배신으로 급기야 미쳐 버리고 만다. 이렇게 볼 때 강경애 소설 속 여성 인물들은 겉보기에 가부장제적 의식에 사로잡힌 수동적이고 남성 의존적인 인물들로 읽힌다. 그런 맥락에서 몇몇 논자들은 작가가 남성을 중심으로 한 계급주의적 논리에 치중했기 때문에 여성주의적 자각과 성찰에 도달하지 못했으며 따라서 강경애 소설을 '페미니즘적 독법'으로 읽는 데에는 한계가 있다고 주장하기도 한다.

그러나 그 자체로 올바른 페미니즘적 여성 인물이란 어떻게 가능한가? '여성'이란 고정불변의 절대적 개념이 아니며 탈역사화되고 탈맥락화된 진공 상태도 아니다. 그리고 무엇보다도 여성은 '하나'가 아니다. 물론 간혹 하나의 사회 이슈를 중심으로 단일한 여성 정체성의 정치학이 요구될 때도 있지만, 대부분의 경우 여성들은 자신이 처한 계급적, 민족적, 인종적, 지역적 조건에 따라 복합적으로 구성되기 때문에 각자의 자리에서 서로 다른 운동의 목표와 지향성을 가질 수밖에 없다. 중산층 지식인 여성에게 가사 노동과 양육의 여성 젠더화, 그리고 모성 이데올로기는 여성의 사회 진출과 남녀평등을 가로막는 성차별의 문제로 받아들여질 수 있지만, 애초부터 안정적인 가정을 꾸리는 것이 불가능한 특권 없는 하위 계층 여성들에게 가사 노동과 양육은 실현 불가능한 꿈이 될 수도 있다. 미국의 흑인 페미니스트이자 사회 운동가인 벨 훅스(Bell Hooks)는 사적 영역에서의 노동 가치를 둘러싼 페미니즘적 논란은 백인 중산층 여성들만을 대상으로 했다는 점에서 한계가 있다고 비판한다. 그러면서 인종 차별에 저항하는 흑인들의 투쟁 과정에서 가정은 거꾸로 "흑인들의 인간적

존엄을 지킬 수 있는 장소"로 해석된다고 주장한다. 그리하여 흑인 여성들에게 가정은 여성들에 대한 가부장제적 억압과 지배가 이루어지는 공간이라기보다는 오히려 백인들의 약탈과 침략으로부터 지켜 내야 할 '저항과 해방의 투쟁 장소'로 재의미화될 수 있다는 것이다.

　그렇다면 강경애의 소설 속에서 그려지는 가정이나 모성의 의미 또한 이와 방불한 것이 아닐까? 마적단, 자위단, 공산당들 간의 정치적 이해관계와 충돌 속에서 목숨을 부지하기조차 어려운 불안정한 빈곤 계층 이주 여성에게 가정과 모성이 흔히 말하듯 여성 억압의 이데올로기 장치로만 작용했다고 할 수는 없다. 오히려 생존이 불분명한 상황에서 그들에게 가족 중심의 삶은 필수적이었을지도 모른다. 따라서 강경애 소설에서 가정은 생존을 위해 요구되는 최소한의 거점이었을 수도 있다. 그리고 모성성은 그런 가정과 아이들을 지키기 위한 여성들의 힘겨운 고투의 표현에 더 가깝다.

　그다음으로 강경애 소설 속 여성 인물은 성적, 민족적, 계급적 착취와 억압에 시달리면서도 자신이 처한 모순적 현실을 총체적 시각에서 해석할 인식 수준에 도달하지 못한, 그래서 자기 언어로 자신에 대해 말할 수 없는 '하위 주체 여성'(서벌턴)이라고 할 수 있다. 하위 주체 여성은 말할 수 없기 때문에 이들의 경험은 의식화되거나 상징화된 언어로 완전히 복원되기 어렵다. 이들이 정치적 저항의 주체가 되기 어려운 것도 이 때문이다. 그래서일까? 강경애 소설의 여성 인물들은 대체로 가사 노동, 원초적 모성성, 구시대적 사고방식을 지닌 '구여성'으로 형상화되어 있다. 그러나 강경애 소설에서 이러한 구여성의 형상화야말로 식민지 현실 속에서 하위 주체 여성이 처한 현실을 적나라하게 드러나도록 한다. 그렇다고 이들을 단순히 구여성으로만 규정하기도 어렵다. 오히려 강경애 소설에 등장하는 성적, 모성적 여성 육체는 계급 제도, 가부장제, 제국주의와 식민주의, 심지어 봉건주의 등과 같은 이데올로기의 여러 모순이 중층적으로 각인되는 지극히 현실적인 문학적 장소가 된다.

강경애 소설의 여성 인물들이 지배와 저항, 순응과 거부, 타자와 주체 등과 같은 이분법적 도식을 중심으로 형상화된 인물 유형에 포섭되기 어려운 이유는 이 때문이다. 이러한 탈정형화된 여성 인물의 독창성과 개성은 김동인의 「감자」 속 '복녀'나 김유정의 몇몇 소설에 등장하는 들병이와 비교해 보면 더욱 분명해진다. 이들 남성 작가들의 소설 또한 식민지 시기 일제의 수탈과 착취로 빈곤해진 농촌의 현실을 폭로하기 위해 빈곤 여성이 성적으로 착취되는 방식에 주목한다. 그러나 이들은 빈곤 여성의 육체를 곧장 매춘화하고, 나아가 이들을 성적으로 문란한 여성으로 혹은 불쌍한 여성으로 낙인찍으면서 우리에게 익숙한 '성녀/창녀'의 이분화된 여성 이미지나 가련한 피해자 이미지를 반복한다. 김동인과 김유정 소설 속 여성들이야말로 빈곤을 손쉽게 여성화하는 전략으로, 이는 결국 거꾸로 여성 인물을 빈곤화하고 서사를 형해화(形骸化)하는 결과로 이어지게 된다. 그에 반해 강경애 소설 속 여성 인물들은 분명 남성 의존적이라는 점에서 가부장제적이지만 그러한 논리로만 재단하기 어려운, 우리의 현실 이해를 압박하고 초월하는 육체의 경험과 감각을 통해 익숙하면서도 낯선 기이한(uncanny) 존재가 된다.

3

　이 작품집에 실린 중·단편 소설은 모두 1936~1937년 사이에 발표되었는데, 미완작인 「검둥이」(1938)를 제외하면 강경애의 작품 활동 막바지에 놓여 있다. 이들 작품은 공통적으로 출구가 막힌 어둠과 죽음의 세계, 인물들을 극도로 비참한 상황으로 몰아넣는 가난, 그리고 이 세계의 비루함과 고통을 아로새긴 비루한 육체들로 이루어졌다. 특히 온갖 질병과 장애, 부패, 오염 그리고 죽음으로 뒤범벅된 비참한 육체들이 나뒹구는 「지하촌」은 "한국어가 감당할 수 있는 가장 대담하고도 엄청난 모험을 처음으로 시도한, 그리고 과연 소설이 이 지경에 이르러도 좋은가를 묻지 않을 수 없는 벼랑까지 몰고 간"(김윤식) 소설로 평가받는다. 그만큼 이 소설이 기존 소설의 표현 형식과 소설적 관습을 깨뜨린 새로운 시도라는 사실은 분명해 보인다. 그러나 다른 한편으로는 「지하촌」을 포함한 강경애 후기 소설들은, 행위와 사유 주체로서의 인간이 실종되고 처참한 상황만을 부각하는 경향 소설적 세계관을 드러낸다거나 현실의 부정성에 압도당하는 자연주의적 경향을 유독 강하게 보여 준다는 비판을 받기도 한다.

　어찌 됐든 분명한 것은 강경애 소설에 재현되고 있는 하위 주체 여성은 프롤레타리아 계급 문학의 노동자로도, 여성 해방 문학의 각성한 여성 주체로도 설명하기 어려운 모호하고 불투명한 존재들이라는 점이다. 이들은 재현의 가능성과 불가능성 사이에서, 식민 담론과 저항 담론 사이에서, 미끄러지고 흔들리면서 조금씩 나아간다. 주류 역사의 기록물에 등재되지 못한, 익숙한 상징화와 의미화의 틈새로 빠져나가는,

오직 적나라하게 전시되는 비루한 육체만을 통해 스스로를 증명하는 이들 하위 주체 여성들이야말로 어떠한 언어적 매개도 관념화의 장치도 없이, 마치 카프카의 「시골의사」 속 '벌어진 검은 상처'처럼 격렬하게 우리를 압도하며 육박한다. 특히 강경애 소설 속 여성의 출산 장면은 모성에 대한 신화나 관념의 여과 장치 없이 여성 육체가 놓인 절박한 상황을 가장 직설적으로 적나라하게 보여 준다. 「소금」에서 팡둥의 아이를 낳은 직후 극심한 허기에 시달리던 봉염 어머니가 헛간에 저장된 차가운 파를 씹어 먹는 다음 장면은 메타포가 불가능한 여성 육체의 물질성을 잘 보여 주는 예다.

아직도 헛간은 컴컴하다. 컴컴한 저편 구석으로 약간씩 보이는 파뿌리! 그는 어제 저녁에 주인 여편네가 오늘 장에 내다 팔 파를 헛간으로 옮겨 쌓던 생각을 하며 '옳다! 아무거라도 좀 먹으면 정신이 들겠지.' 하고 얼른 몸을 솟구어 파뿌리를 뽑았다. 그러나 주인이 나오는 듯하여 그는 몇 번이나 뽑은 파를 입에 대다가도 감추곤 하였다. 마침내 그는 파를 입속에 넣었다. 그리고 우쩍 씹었다. 그때 이가 시끔하며 딱 맞찔린다. 그래서 그는 얼굴을 찡그리며 입을 쩍 벌린 채 한참이나 벌리고 있었다.

침이 턱 밑으로 흘러내릴 때에야 그는 얼른 손으로 침을 몰아넣으며 이 침이라도 목구멍으로 삼켜야 그가 살 것 같았다. 그는 다시 파를 입에 넣고 이번에는 씹지는 않고 혀끝으로 우물우물하여 목으로 넘겼다. 넘어가는 파는 왜 그리도 차며 뻣뻣한지, 그의 목구멍은 찢어지는 듯 눈물이 쑥 삐어졌다.

—「소금」에서

차갑고 뻣뻣한 파를 씹어 삼키려고 애쓰는 위의 장면은 일차적으로는 출산 직후의 극심한 허기를 모면해 보려는 봉염 어머니의 안타까운 노력으로 해석된다. 그러나 단지 그것뿐일까? 적어도 나에게 이러한 봉염 어머니의 굶주림 상태는 해석을 위한 객관적 거리 두기가 애초에 불가능한, 이해의 범주를 초과한 예외적 사건으로 다가왔다. 그럴 때 봉염 어머니의 육체는 비참한 현실에 대한 비유가 아닌, 현실 그 자체가 된다. 왜냐하면 여성의 육체를 현실에 대한 이러저러한 해석의 지평에 놓는 순간, 강경애 소설 속 육체가 지닌 기이한 물질성과 즉물성은 사라지기 때문이다. 예측 불가능한 형태로 모종의 유물론적 지형도를 그려 가는 이 여성 육체야말로 우리가 원하지 않아도 어쩔 수 없이 들여다볼 수밖에 없는 '상태적' 세계일 것이다. 예컨대 「지하촌」에서 칠성 어머니의 아랫도리에 매달려 악취와 염증, 통증을 일으키는 '종기' 혹은 '늘어진 살덩어리'는 독자에게 일말의 관조적 거리조차 허용하지 않는, 그래서 고통을 불러일으키는 참담한 육체의 상황 그자체에 다름 아닌 것이다. 어떤 해석의 안경도 거부하는 강경애 특유의 이 육체적 재현 방식이 가진 독창성은 남성 작가의 작품에서 여성 육체가 다뤄지는 방법과 비교할 때 더욱 분명해진다.

많은 경우 남성 작가의 작품에서 여성 육체는 현실을 비판적으로 해석하고 이해하기 위한 매개체로 다뤄진다. 예컨대 1920년대 초반부터 등장하기 시작한 농촌 에로 소설들에서 궁핍한 농촌의 현실은 대체로 매춘녀로 전락한 여성의 성적 육체를 통해 폭로된다. 몇몇 남성 작가들의 성장 소설이나 역사 소설에 등장하는 여성 육체도 마찬가지다. 식민지, 해방,

전쟁으로 이어지는 격동의 근현대사와 그로 인한 민족의 수난은 대체로 성적, 도덕적으로 타락하거나 짓밟히는 여성 육체에 대한 재현을 통해 서사화된다. 그럴 때 여성 육체는 부조리하고 모순적인 세계를 재현하기 위한 문학적 도구에 불과한 것이 된다. 여성 육체와 섹슈얼리티가 손쉽게 매춘화되고 신화화되는 현실에서 이러한 방식은 여성을 제한된 몇 개의 이미지 감옥 안에 가두는 결과를 낳는다. 문란하거나 순진하거나, 더럽거나 깨끗하거나, 타락하거나 순결하거나 등 말이다. 그에 반해 강경애 소설 속 여성들의 비루한 육체는 여성에 관한 고정 관념이나 통념 그리고 지배적인 해석의 틀에 포섭되지 않은 채, 이 세계의 비루함과 고통에 조응하는 방식으로 재현된다. 강경애 소설에서 비참한 세계와 비참한 육체는 그렇게 서로 깊이 침윤되고 연루되어 서사 바깥으로까지 이어진다. 현실은 그렇게 벌거벗은 육체의 옷을 입는다.

그러나 문학 작품 속 현실이 현실 그 자체는 아니다. 매개되지 않은 현실은 없다. 그럼에도 불구하고 그렇게 보이는 현실이란 사실상 작가가 고안한 고도의 문학적 전략에 다름 아니다. 왜냐하면 아무리 뒤집어쓴 모든 베일을 벗어 놓은 듯 보이는 문학 작품의 세계 ─ 육체조차 실체적 현실을 있는 그대로 전달할 수는 없기 때문이다. 언어가 실체를 그대로 재현할 수 있다는 믿음은 더 이상 받아들여지지 않는다. 그리고 문학 작품은 언어로 지은 집이라는 점에서 문학적 현실이란 언제나 매개된 현실이다. 결국 문학적 현실은 이러니저러니 해도 세계에 대한 작가의 해석과 판단을 거쳐 구축될 수밖에 없는 것이다. 그런 점에서 강경애 소설 속 참혹한 육체적 현실에 대한 비재현적 재현이야말로 실체적 현실 그 자체라기보다는,

결국 작가가 전달하고자 하는 세계에 대한 어떤 견해를 드러
내는 하나의 방법론이라고 볼 수 있다. 그렇다면 강경애가 이
벌거벗은 문학적 세계를 통해 말하고자 하는 바는 무엇인가?
그것은 어쩌면 이 세계가 우리가 마주하기 두려울 정도로 참
담하고 고통스럽다는 것, 그럼에도 불구하고 우리는 그 세계
에 연루된 존재라는 것, 그러니 외면하지 말고 그 세계를 들여
다보라는 것이 아닐까? 그렇다면 이제 강경애 소설 속 비루한
인물들의 고통은 더 이상 그들만의 것이 아니지 않을까? 강경
애 소설을 읽기가 고통스러운 까닭은 그 때문이다. 하지만 스
스로 그 고통 속으로 걸어 들어가 비루한 세계의 일부가 된다
는 것, 어쩌면 그것이야말로 강경애의 소설이 우리에게 요청
하는 새로운 윤리 감각이 아닐까?

심진경

엮고 옮긴이
심진경

문학 평론가. 서강대학교 영어영문학과를 졸업하고, 같은 대학교 국어국문학과에서 박사 학위를 받았다. 저서로는 「문학을 부수는 문학들」(공저), 「여성, 문학을 가로지르다」, 「떠도는 목소리들」, 「여성과 문학의 탄생」이 있으며, 「근대성의 젠더」를 함께 번역했다. 서강대학교 등에서 강의한다.

소금

1판 1쇄 찍음 2019년 10월 11일
1판 1쇄 펴냄 2019년 10월 18일

지은이 강경애
엮고 옮김 심진경
발행인 박근섭, 박상준
펴낸곳 (주)민음사

출판등록 1966. 5. 19. 제16-490호
서울시 강남구 도산대로 1길 62(신사동)
강남출판문화센터 5층 06027
대표전화 02-515-2000 팩시밀리 02-515-2007
www.minumsa.com

ISBN 978 89 374 2955 2 04800
ISBN 978 89 374 2900 2 (세트)